परमात्मा का स्वरूप

(हिन्दी रूपान्तरण)

लेखक की अन्य पुस्तकें:

1. Geeta Enlightened
2. Great Women of India
3. Ascent
4. Realised Saints
5. Sufi Odes to the Divine Mother

परमात्मा का स्वरूप

(हिन्दी रूपान्तरण)

योगी महाजन

(अनुवादकर्त्ता: ओ.पी. चानना)

मोतीलाल बनारसीदास पब्लिशर्स

प्राइवेट लिमिटेड ● दिल्ली ११० ००७

प्रथम संस्करण : दिल्ली, १९९६

अन्य प्राप्ति स्थान:

मोतीलाल बनारसीदास

बंगलो रोड, जवाहरनगर, दिल्ली ११० ००७
१२० रॉयपेट्टा हाई रोड, मैलापुर, मद्रास ६०० ००४
१६ सेन्ट मार्क्स रोड, बंगलौर ५६० ००१
८ केमेक स्ट्रीट, कलकत्ता ७०० ०१७
अशोक राजपथ, पटना ८०० ००४
चौक, वाराणसी २२१ ००१

नरेन्द्रप्रकाश जैन, मोतीलाल बनारसीदास पब्लिशर्स प्राइवेट लिमिटेड,
बंगलो रोड, दिल्ली ११० ००७ द्वारा प्रकाशित तथा जैनेन्द्रप्रकाश जैन,
श्री जैनेन्द्र प्रेस, ए-४५ नारायणा, फेज़-१, नई दिल्ली ११० ०२८ द्वारा मुद्रित

क्रमणिका

लेखक की लेखनी से

''यदि परमात्मा है, तो उनका स्वरूप कैसा है?'' परमात्मा के स्वरूप को देखने की उत्कट इच्छा रही है। परन्तु वास्तव में परमात्मा स्वयं को प्रकट नही करते। मानव के इतिहास में केवल एक बार महाभारत के युग में यह घटित हुआ जब युद्ध के मैदान में श्रीकृष्ण ने राजकुमार अर्जुन के सम्मुख अपने विराट स्वरूप को प्रकट किया। कहा जाता है कि मोज़ेज़ ने परमात्मा के आदेश सुने, परन्तु चकाचौंध करदेने वाले प्रकाश में वे परमात्मा के स्वरूप को देख न सके। यद्यपि पीर मोहम्मद को दैवी रहस्योद्‍घाटन हुआ फिर भी उन्हें परमात्मा के दर्शन नहीं हुऐ। परन्तु परमात्मा अपने बच्चों को इतना प्रेम करते हैं कि अपने करुणामय स्वभाव के कारण जब धर्म का विनाश होता है उस समय वे स्वयं को प्रकट कर देते हैं, जैसे श्रीराम, श्रीकृष्ण और परमपुत्र ईसा मसीह ने किया। 'परमात्मा का स्वरूप' के विषय में यह पुस्तक सृष्टि की कहानी नहीं है और न ही इसमें सर्वशक्तिमान परमात्मा का चित्रण है। यह परमात्मा के प्रेम की सर्वव्यापक शक्ति, श्रीआदिशक्ति माताजी श्री निर्मला देवी के साथ प्रेम, श्रद्धा और केवल आनन्द का अनुभव मात्र है। सम्भवत: कोई भी नश्वर प्राणी उनके बहुआयामी रूप को नहीं जान सकता। एक साधारण मनुष्य जो कुछ भी देख सका वह इतना आश्चर्यजनक है कि उसके भौतिक चक्षु श्री माताजी के सभी चमत्कारों को देख पाने में असमर्थ हैं।

उनके जीवन के केवल एक पक्ष की न्यूनतम अभिव्यक्ति करते हुए जो भी त्रुटियाँ हुईं, उनके लिये पूर्ण नतमस्तक होकर मैं उनसे क्षमा याचना करता हूँ।

आलबर्ट आइनस्टाइन ने जब विज्ञान के सामर्थ्य से परे दैवी नियमों के रहस्यों को समझ लिया तो वे मंत्र-मुग्ध रह गये। ''मैं केवल इतना समझ पाया हूँ कि मैं कुछ नहीं समझा। मेरा पूर्ण ज्ञान समुद्र तट पर पड़ी कंकरियों के समान है।'' किस प्रकार एक दीपक सूर्य के प्रकाश को प्रतिबिम्बित कर सकता है या एक नश्वर मनुष्य अपने सृष्टा के सौन्दर्य का वर्णन कर सकता है? परन्तु अवश्य ही वह परमात्मा के परम-आनन्द से ओत-प्रोत हो सकता है और उसे अन्य लोगों तक पहुँचा सकता है।

परमपूज्य श्री माताजी की यह जीवनी भी उसी आनन्द को बांटने का एक प्रयास मात्र है।

योगी महाजन

1

प्राचीन भविष्यवाणी चरितार्थ हुई

'नाड़ी ग्रन्थ' नामक प्राचीन ज्योतिष ग्रन्थ में महान सन्त भृगु ने भविष्यवाणी की थी कि वर्ष 1970 में एक योग का उदय होगा। उन्होंने उसे मानवीय चेतना (मानव अन्तस) में परिवर्तन का आरम्भ कहा है। उन्होंने कहा कि इससे वैवस्तव (कलियुग से पूर्व का समय) और स्वयं कलियुग का अन्त होगा। तब मानव अपनी सर्वोच्च शक्ति द्वारा शासन करेगा (अर्थात् अपनी आत्मा द्वारा)। आगे उन्होंने कहा कि वर्ष 1922 में एक योगी (वेंकट स्वामी) की मृत्यु के पश्चात् एक महायोगी जन्म लेंगे। यह महायोगी परमात्मा (परब्रह्म) की सभी शक्तियों से परिपूर्ण होंगे अर्थात् उनमें कर्तृम-अकर्तृम (करने और न करने) की शक्ति होगी। मोक्ष प्राप्त करने के लिये प्राचीन समय में सत्य साधकों को भक्ति, ज्ञान, पातान्जल-योग-प्रणाली तथा भिन्न प्रकार के उपाय एवं अनुशासन अपनाने पड़ते थे। तब कहीं वे अपने जीवन के हृदयानुभूत कर्तव्य (इति कर्तव्य) और इसके सही अर्थ को प्राप्त कर पाते थे।

उन दिनों सुप्त कुण्डलिनी को जागृत करके भिन्न सूक्ष्म केन्द्रों से ऊपर चढ़ाने के लिये व्यक्ति को कई प्रकार की तपस्या करनी पड़ती थी, पर इस महायोगी द्वारा बताई गई अद्वितीय योग विधि की कृपा से अब साधक गण मोक्ष के इस आनन्द को अपने जीवनकाल में सहज ही पा लेंगे। कुण्डलिनी के इस उत्थान को वे देख सकेंगे। (बुजेन्द्र ने अपनी मराठी टीका में इसे हित्सादेसी, हिस्तसाडोला कहा है) जीते जी समाधि लेकर प्राण त्यागने की कोई आवश्यकता न होगी, (गुफा में स्वयं को ध्यान अवस्था में प्राण त्यागने की विधि द्वारा) न शरीर त्यागने की आवश्यकता होगी और न ही पुनर्जन्म के बारे में सोचने की। इस योग द्वारा आत्मसाक्षात्कार प्राप्त किये हुए लोगों को रोटी, कपड़ा और आश्रय की चिन्ता न करनी पड़ेगी। शारीरिक और मानसिक रोगों का पूर्णतः उन्मूलन हो जायेगा और ऐसे लोगों को तब अस्पताल जैसी किसी संस्था की आवश्यकता न रहेगी। उनमें सूक्ष्म शरीर की तथा अन्य शक्तियों को विकसित करने की शक्ति आ जाएगी। श्री माताजी निर्मला देवी के जीवन कार्यों में यह सभी भविष्यवाणियाँ सत्य हुई हैं।

ईसा ने भी कहा है कि "मैं परमात्मा से प्रार्थना करूँगा और वे तुम्हें एक अन्य ऐसा आनन्द स्रोत प्रदान करेंगे जो सदा आपके साथ रह सके।" फिर, "मैं आपको एक पथ-प्रदर्शक, आनन्दस्रोत और उद्धारक भेजूँगा-परम चैतन्य आपको यह सारी चीजें सिखाएगा।" श्री मातीजी निर्मलादेवी का जीवन ईसा के वचन का साकार स्वरूप है।

2

शालिवाहन

प्राचीन महाराष्ट्र के इतिहास में वर्ष 230 ई० पू० से सन 230 ई० तक चार शताब्दियों का शालिवाहन युग अद्वितीय है। वे कला, साहित्य, वास्तुकला एवं मूर्तिकला के महान संरक्षक थे। उन्होंने वाणिज्य को प्रोत्साहन दिया और रोम जैसे सुदूर स्थान से भी व्यापारियों को आकर्षित किया। वे सम्मान के लिये जीवित रहे और धार्मिक जीवन-यापन किया।

उनके पूर्वजों की ओजस्वताके वंश की स्त्रियों में भी अभिव्यक्त हुई। उदाहरणार्थ, पति की मृत्यु पर एक राजकुमारी को जब यह आभास हुआ कि उसके छोटे-छोटे बच्चों के जीवन को खतरा है तो वह आधी रात को साहसपूर्वक बच्चों के साथ नंदगाँव शिगवे नदी तैर कर पार कर गई। प्रसादराव साल्वे इसी विस्मयकारी माँ के अद्वितीय पुत्र थे। बुद्धि एवं हृदय की उच्चतम परम्पराओं में उन्होंने अपने पुत्र का पालन किया और एक करुणामय तथा प्रगल्भ व्यक्तित्व को विकसित किया। बड़े होकर वे एक

सफल वकील एवं चौदह भाषाओं के विषारद बने। कला, साहित्य एवं विज्ञान के कुशल ज्ञाता, उन्होंने कुरान का हिन्दी में अनुवाद किया। विख्यात स्वतन्तत्रता सेनानी, वे केन्द्रीय विधान सभा में एकमात्र ईसाई सदस्य थे। सन 1920 में उनका विवाह जादव वंश की महान विदूषी महिला कॉर्नीलिया से हुआ जो ख्याति में शिवाजी महाराज की माँ जीजाबाई के बाद आती थीं। कॉर्नीलिया के जन्म के समय उनके पिता ने एक स्वप्न देखा कि वह दो बच्चों को जन्म देंगी, इसलिये उन्होंने दो महान फ्रांसिसी क्रान्तिकारियों की माता के नाम पर उनका नाम कॉर्नीलिया रखा।

तीन पीढ़ियों की गौरवशाली वंश मर्यादाओं का निर्वाह करते हुए नागपुर के विशाल बंगले में शालिवाहन रहते थे। यह बंगला सदैव नन्हें-मुन्ने बच्चों और अध्ययनार्थ छोटे कस्बों से आये चचेरे-ममेरे भाई-बहनों से भरा रहता था। सम्बन्धियों तथा मित्रों के लिये यह स्थान आतिथ्य से परिपूर्ण था, बैडमिन्टन स्थली और लहलहाता उद्यान विशाल आँगन को पूर्णता प्रदान करते थे।

दैवी कृपा से वर्ष 1923, 21 मार्च के दिन बारह बजे दोपहर श्रीमाताजी का जन्म मध्य भारत स्थित छिन्दवाड़ा नामक स्थान पर हुआ। मुस्कुराती हुई कान्तिमय बालिका की ओर भय से देखते हुए दादी माँ ने विस्मयपूर्वक कहा "वह निष्कलंका है", अर्थात् कलंक रहित। निष्कलंक पुल्लिंग है, अतः कन्या को 'निर्मला' नाम दिया गया, अर्थात् निष्पाप।

सोमवार ईस्टर के दिन चमत्कारी बालिका का धूमधाम के साथ दीक्षान्त समारोह (Baptism) हुआ। वापसी पर किसी चीज से डर कर घोड़े बिदके तथा मूरा रथ क्षतिग्रस्त हो गया। पूरा परिवार बालिका के जीवन के लिये चिन्तित था। बालिका को बिना किसी चोट के, सदा की तरह मुस्कुराते हुए रथ के मलबे के नीचे दो स्वस्थ परिचारिकाओं के मध्य पाया गया।

इतिहास के संकटापन्न क्षणों में हुई अवतरित
प्रथम विश्वयुद्ध के परिणामों से
हुआ विश्व जब विशृंखलित,
द्वितीय युद्ध के मेघ उमड़ रहे थे आकाश में,
बिलख रही थी भारत माँ,
बर्तानवी निरंकुशता के साये में,
भारतीय स्वतन्त्रता संग्राम में,
नये युग का आरम्भ किया उनके जन्म ने,
आदम और ईव की सृष्टि से लेकर
महानतम है उनका अवतरण
मानवोत्थान में।

सोलह वर्ष की आयु में श्री माताजी

3

बाल्यावस्था

सर्वप्रिय निर्मला का शैशव खुशियों से परिपूर्ण था। सभी पशु-पक्षी उसके मित्र थे। कभी-कभी तो वह घर की नौकरानियों को प्रेमपूर्वक डराती थी। क्योंकि सर्प भी प्रेम से सहलाये जाने के लिये उसके हाथों में आ जाते थे। कभी वह घर के एकान्त कोने में अकेले पायी जाती, ध्यान में खोई हुई, आत्मानन्द से दैदीप्यमान मुखाकृति। प्राय: कान्ति उससे फूट पड़ती थी। अपने खेल के साथियों को वह नाटक, संगीत एवं नृत्य के लिये प्रेरित करती। सात वर्ष की आयु में जब उसने श्रीकृष्ण की भूमिका की तो उसकी मधुरता एवं जीवन्तता ने दर्शकों की भीड़ को मन्त्र-मुग्ध कर दिया; उसके गरिमामय अभिनय से देवताओं की सम, सहज एवं पूर्ण तदातम्य की भावना फूट पड़ी। छोटी आयु में ही उसने संगीत एवं कला के लिये अत्यन्त उच्चकोटि की संवेदनशीलता का प्रदर्शन किया। सभी सच्ची एवं स्वभाविक चीजों से उन्हें प्रेम था। पृथ्वी माँ के स्पर्श का अनुभव करने के लिये वह नंगे पाँव स्कूल जाती। हँसते हुए उनके पिता ने अपने नये ड्राइवर को

"जब मेरा जन्म हुआ तो चहुँ ओर अंधेरा था। मैंने सोचा कि किस प्रकार मैं लोगों को बताऊँगी और किस प्रकार मैं उन्हें आत्मसाक्षात्कार दूँगी। फिर मुझे लगा कि उनके लिये सामूहिक साक्षात्कार आवश्यक है। मैंने लोगों के चक्र देखे, उनके चक्रों की संरचना और क्रम परिवर्तन देखा। मुझे लगा कि यदि वे सामूहिक हो जाएँ तो उन्हें साक्षात्कार प्राप्त हो सकेगा"।

बताया, "मेरी बेटी को पहचानना आसान है, केवल वही लड़की अपने जूते हाथों में उठाये होती है।"

छुट्टियों में नन्हीं निर्मला महात्मा गाँधी के आश्रम चली जाती। उसके आधे भारतीय और आधे मंगोलियन नक्ष-नयनों के कारण महात्मा उसे "नेपाली" कहकर पुकारते। आश्रम की सभी गतिविधियों में वे भाग लेतीं तथा उनकी आभामय उपस्थिति महात्मा को प्रेरित करती। गाँधीजी के अधिकतर विषय सन्तुलित उत्पादन, सामाजिक धर्म, सादगी व स्वधर्म एकीकरण 'सहज संस्कृति' की पूर्व कल्पनाएं थीं।

गाँधीजी सहजयोग के सिद्धान्तों से सहमत थे-कि धर्म की बनावटी सीमाओं से ऊपर उठने के लिये सभी धर्मों के तत्त्व का एकीकरण किया जाना चाहिये। सहजयोग को उन्होंने समाधान के रूप में स्वीकार किया और कहा कि उसकी अभिव्यक्ति भारत के स्वतन्त्र होने पर ही हो सकती है।

गाँधीजी अति नियमनिष्ठ थे। जैसे वे सभी को चार बजे प्रातः उठाते थे, स्नान करके पूजा पर बुलाते थे। परन्तु उनमें एक गुण था कि वह जो कहते थे उस पर आचरण भी करते थे। इसके विषय में कोई पाखंड नहीं होता था। उनके कथनानुसार दुर्व्यवहार करने वाले लोगों पर वे क्रोधित भी हो जाया करते थे और "छोटी सी बालिका होने के कारण उन्हें शान्त करने के लिये मैं उन पर थोड़ा सा ठण्डा पानी डाल दिया करती थी"। मेरे इस कार्य को वे वास्तव में समझते और कहा करते थे 'इन सारी बातों में तुम किस प्रकार इतनी शांत रहती हो?' मैं कहती यही समाधान है, प्रतिक्रिया द्वारा हम वास्तव में कोई हल नहीं कर सकते, क्षमा स्वयं समस्या का समाधान करती है।

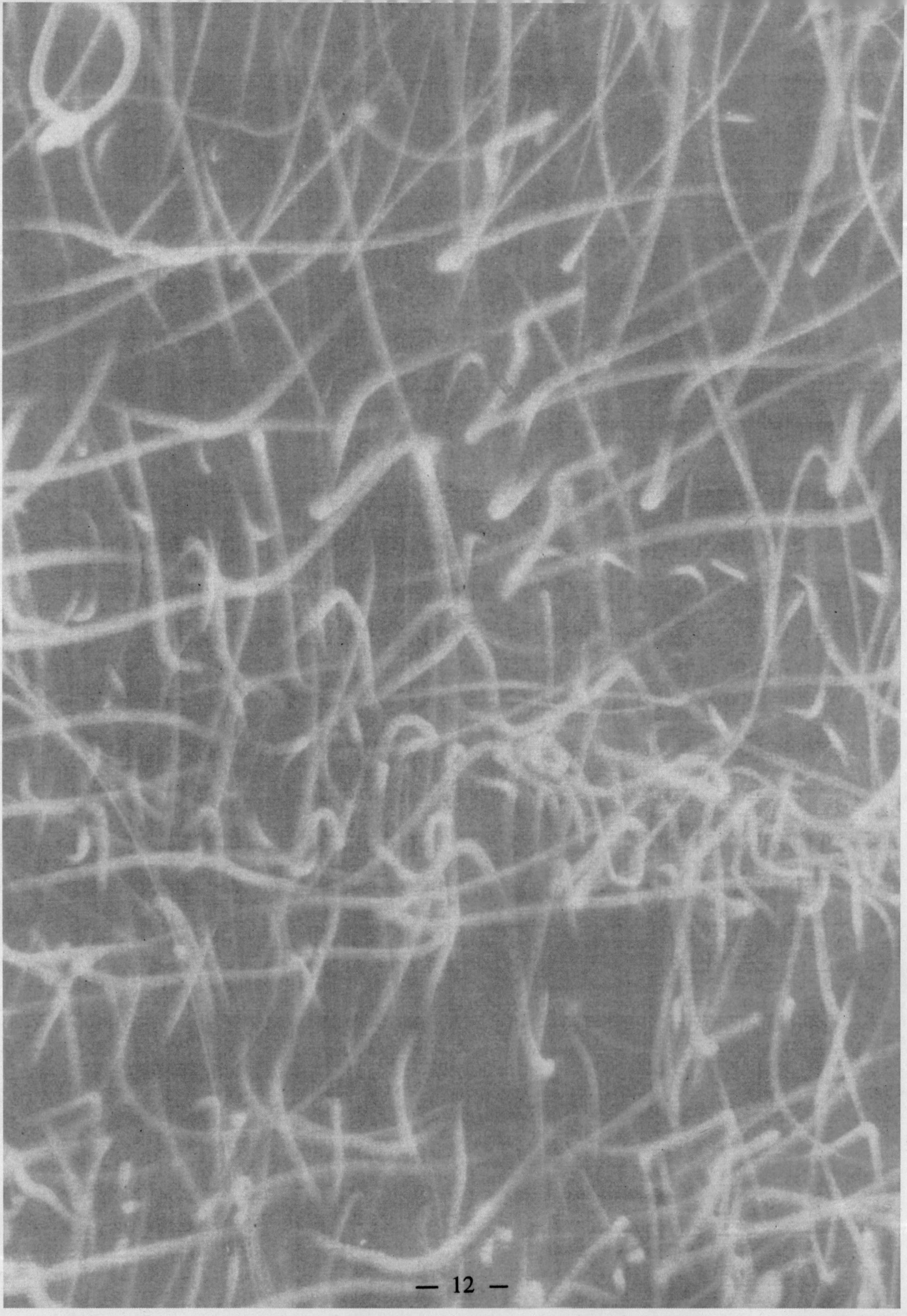

4

स्वतन्त्रता संग्राम

उच्च शिक्षा ग्रहण करने का समय जब आया तो निर्मला ने चिकित्सा शास्त्र को चुना। उसने जानना चाहा कि मानव का ज्ञान कहाँ तक पहुँच पाया है। परन्तु उनका हृदय देश के स्वतंत्रता संघर्ष में लगा हुआ था। बर्तानवी तानाशाहों के अत्याचार को निस्सहाय होकर जब वे देखती तो उनका हृदय वेदना से कराह उठता। उनकी आत्मा शहीदों के लिये द्रवित हो उठती और विदीर्ण हृदय से कोमल गीतों के रूप में उनकी व्यथा अभिव्यक्त होने लगती:

माँ तेरी जय हो, तेरी ही विजय हो,
तेरे गीत से आज ये जग जीवित हो,
माँ तेरी जय हो।
तेरे गाँव के खेत भी गा रहे हैं, तेरे आज नगरों में जय-जय की धुन है,
तुम्हें देख के जगी दीन दुनिया, और वे गा रहीं हैं कि

माँ तेरी जय हो।

जब आँखों में आँसू जुबाँ पे थे छाले, ये दिल गा रहा था कि

माँ तेरी जय हो।

चिताएँ हमारी गगन से भिड़ी थीं, वहाँ लिख रही थीं कि

माँ तेरी जय हो।

माँ तेरी जय हो, तेरी ही विजय हो,

तेरे गीत से आज जग ये जीवित हो,

माँ तेरी जय हो।

किशोरावस्था में निर्मला ने स्वतंत्रता संग्राम का पूरा कष्ट झेला। सन् 1928 से उसके माता-पिता नियमित रूप से जेल में थे। उन्होंने एक नियम बनाया था कि जब वे जेल जाने लगेंगे तो कोई भी आँसू नही बहायेगा, क्योंकि ऐसा करना अपमानजनक होगा। माता-पिता ने बच्चों को परस्पर दुःख-सुख समान रूप से बाँटना सिखाया था। समाज और घर के बीच दोहरे मानदण्ड नहीं थे। खुले मस्तिष्क के होते हुए भी बच्चों का पालन-पोषण परम्परागत रूप से हुआ था, बनावट या समझौते का कोई प्रश्न ही न था। दस वर्ष की आयु से ही माता-पिता की अनुपस्थिति में नन्हीं निर्मला घर की जिम्मेदारी का बोझ अपने कन्धों पर ले लेती थी। वह विशेषतया अपने छोटे भाई, बाबा को मातृत्व प्रदान करती थी।

सभी के हित की ओर सदा उनका चित्त होता था। सन् 1942 में उन्होंने स्वतन्त्रता संग्राम में विद्यार्थियों का नेतृत्व किया और प्रायः जेल जाती रही। एक बार तो बर्तानवी शासकों ने कष्ट देने के लिये उन्हें बर्फ पर लिटा दिया, परन्तु इस प्रकार वे उनके अदम्य उत्साह को दुर्बल न कर सके।

चिकित्सा महाविद्यालय से उन्हें निकाल दिया गया और वे अपनी पढ़ाई को पूरा न कर पाईं। एक अनुभवी स्वतन्त्रता सेनानी, विनोबा भावे ने उन्हें स्वतन्त्रता संग्राम में भाग लेने से रोकना चाहा, परन्तु उनके पिता ने उन्हें चेतावनी दी कि वे इस वृद्ध व्यक्ति की सलाह पर ध्यान न दें। हड़ताली विद्यार्थियों को रोकने के लिये जब पुलिस आई तो वह अकेली स्वतन्त्रता के नारे लगाती हुई साहसपूर्वक महाविद्यालय के मुख्य द्वार पर रक्षक बन कर पुलिस की बन्दूकों की नालों के सामने अड़ी रहीं। महाविद्यालय के प्रधानाचार्य आश्चर्यचकित होकर इस दृश्य को देख रहे थे, उन्होंने निर्मला की महान शक्ति को महसूस किया।

5

विवाह

सात अप्रैल, 1947 की मंगलमय घड़ी में युवा निर्मला का विवाह भारतीय प्रशासनिक सेवा के प्रमुख सदस्य श्री चन्द्रिका प्रसाद श्रीवास्तव से हुआ। उनके ईसाई होने के कारण निर्मला के ससुराल के लोग आरंभ में कुछ आशंकित थे। परन्तु अपने स्नेही स्वभाव से शीघ्र ही उन्होंने सबका हृदय जीत लिया। गृहलक्ष्मी के आने पर श्रीयुत श्रीवास्तव के पद में आकस्मिक उत्थान हुआ। वे प्रधानमंत्री श्री लाल बहादुर शास्त्री के सचिव बने। शास्त्री परिवार तब श्रीमती निर्मला की सौहार्दता पाने लगा और प्रधानमंत्री स्वयं उनका मशवरा और सान्तवना खोजते। शास्त्रीजी और श्री सी.पी. श्रीवास्तव के प्रेम की अभिव्यक्ति शास्त्रीजी की जीवनी नामक पुस्तक में हुई है जो श्रीवास्तव जी ने उनके विषय में लिखी है। बहुत से कठिन अवसरों पर शास्त्रीजी को सहयोग देकर उन्होंने देश की महान सेवा की।

जब उनके पति भारतीय पोत परिवहन निगम के अध्यक्ष बने तो गृहलक्ष्मी निर्मला अपना समय समुद्री जहाजों में साजसज्जा करके, उनमें अपने प्रेम तथा चैन का स्पर्श देकर व्यतीत करने लगीं। आन्तरिक साज-सज्जा की

ओर उनका यह आरम्भ था। समुद्री जहाजों को वे भारतीय शैली में सजाने लगीं और भारतीय शूरवीरों के नामों पर उनका नामकरण करने लगीं। छोटे अफसरों के लिये वे खाना बना देंती, उनके प्रेम से पोत परिवहन निगम शनैः-शनैः एक संगठित परिवार बनता गया और पूरे मेल-मिलाप से कार्य करने लगा। परिणामतः निगम को अत्यधिक लाभ हुए।

समुद्रवर्ती निगम के महासचिव के रूप में श्रीयुत श्रीवास्तव की सत्रह वर्ष की महत्वपूर्ण सेवाओं के लिये संयुक्त राष्ट्र उनका ऋणी है। परिणामतः सत्रह राष्ट्रों ने उन्हें उच्चतम पुरस्कारों से सम्मानित किया तथा इंग्लैंड की महारानी ने उन्हें सामंत की उपाधि दी। इन वर्षों में उनके पति अत्यन्त व्यस्त थे और वे प्रायः अकेली होती थीं, परन्तु उन्होंने इसकी कभी शिकायत नहीं की। कहा कि "लम्बा समय साथ-साथ व्यतीत करना आवश्यक नहीं है, परन्तु एक दूसरे के सानिध्य में थोड़े से क्षणों का भी गहन आनन्द प्राप्त करना आवश्यक है"। आदर्श पारिवारिक सम्बन्ध बनाये रखने की उनकी हृदयेच्छा की अभिव्यक्ति का यह एक मार्ग है। परिवार का महत्व, निस्सन्देह, उनकी आध्यात्मिक शिक्षाओं का सबसे बड़ा पक्ष है और उनका अपना जीवन उसका एक उदाहरण है। ससुराल वाले उनका सम्मान करते थे, सम्बन्धी उन्हें छोड़ते नहीं थे और मित्र सदा उन्हें खोजते रहते थे। उनके पति जब पोत परिवहन निगम के अध्यक्ष थे तो वहाँ के कर्मचारी कहते थे "वे हमारे लिये माँ की तरह बहुमूल्य हैं। उन्हीं के कारण हमें सदा यह लगा कि हम एक ही परिवार के सदस्य हैं"।

उनके पति कुछ सौ गाँव के स्वामी अभिजात (जमींदार) वर्गीय परिवार के इकलौते पुत्र थे। परन्तु जब भूमि सीमा निर्धारण कानून बना तो भूमि उनसे ले ली गई और परिवार की सभी शाखाओं को अत्यधिक आर्थिक कठिनाईयों का सामना करना पड़ा। नवविवाहित निर्मला ने लगभग बीस युवा रिश्ते की बहनों को अपने मातृत्वपूर्ण आश्रय में लिया और नौकरियाँ

खोजने में उनकी सहायता की और बाद में उनके विवाह किये। उनके तूफानी कार्यक्रमों के मध्य दूर या समीप के, उच्च या निम्न सभी सम्बन्धियों का स्नेहमय स्वागत होता है और वे कभी खाली हाथ नहीं लौटते। उनका चित्त सदा उन लोगों के हित पर लगा रहता है और इसके लिये किया गया कोई भी प्रयत्न उन्हें (श्री मातीजी को) संतुष्ट नहीं करता। अपने बीमार भाई बाला साहब (पूर्व न्यायाधीश, उच्च-न्यायालय) को ठीक करने के लिये उन्होंने अपनी तूफानी यात्रा कार्यक्रम में विशेषतया परिवर्तन किया।

श्री श्रीवास्तव के शब्दों में-जब से हम निरन्तर साथ रहने लगे हैं, निर्मला एक समर्पित पत्नी है और संकट के अवसरों पर, जो सबके जीवन में आते हैं, वे सदा चट्टान की तरह अडिग रहीं। उनकी बहुत सी विशेषताएं हैं परन्तु मैं उनमें से केवल कुछ का वर्णन करूँगा। उनका प्रथम और सर्वोच्च गुण उनकी निष्कपटता एवं अबोधिता है। कभी-कभी तो वे अन्य लोगों के छलपूर्ण व्यवहार को समझ ही नहीं पातीं। गरीबों, जरूरतमंदों तथा पीड़ितों के लिये उनका हृदय सच्ची करुणा से परिपूर्ण है।

भूखे बच्चों का दृश्य वे सह नहीं सकतीं-उनकी आँखों से आँसू बहने लगते हैं। वे अत्यन्त उदार हैं तथा अपनी निजी वस्तुएं दूसरों को देकर उन्हें सच्ची प्रसन्नता प्राप्त होती है। भौतिक पदार्थों का मोह उन्हें बिल्कुल नहीं है। उनकी निजी आवश्यकतायें बहुत कम हैं तथा निजी खर्चे नहीं के बराबर। निजी आदतों के मामले में भी वे अत्यन्त असाधारण हैं। बिना किसी कठिनाई के वे किसी भी हालत में रह सकती हैं। अच्छा या बुरा खाना जैसा भी बना हो वे इसे अत्यन्त आनन्द से खाती हैं। उनके पारिवारिक जीवन में दिलचस्प घड़ियाँ भी आईं। एक बार एक व्यापारी ने श्री श्रीवास्तव को रिश्वत देने का प्रयत्न किया। दीवाली भेंट के आवरण में वह एक डिब्बे में शराब की एक बोतल लपेट कर दे गया। श्री श्रीवास्तव जब कार्यालय से लौटे और उस डिब्बे को खोला तो भेंट स्वीकार करने के लिये अपनी

पत्नी पर बहुत बिगड़े। जब वे टेलीफोन पर उस व्यापारी पर चिल्ला रहे थे उसी समय उनकी पत्नी ने वह शराब नाली में गिराकर उससे मुक्ति पा ली। इसके बाद चैन की साँस आई।

दिल्ली के जातीय दंगों के दौरान एक मुसलभान पति पत्नी ने उनके राउज एवेन्यू बंगले का दरवाजा खटखटाया और शरण माँगी। उनकी निराशाजनक स्थिति को देख कर स्वभावत: श्री माताजी ने उन्हें शरण दे दी। उनके पति जब घर लौटे तो उन्होंने इस दुस्साहस में उनका साथ देने से मना कर दिया। परिणामत: समाधान खोजा गया कि इन्हें घर के बाहरी हिस्से में रहने दिया जाए। ये शरणार्थी बाद में प्रसिद्ध सिने कलाकार अचला सचदेव और साहिर लुधियानवी के नाम से प्रसिद्ध हुए। कुछ वर्षों बाद जब श्री माताजी दानार्थ धन का आयोजन कर रहीं थीं तो अचला सचदेव ने अपनी सेवाएं नि:शुल्क अर्पित कीं। वे आज भी श्री माताजी की ऋणी हैं।

बहत्तरवें जन्म दिवस के अवसर पर अपने पति की ईमानदारी की प्रशंसा करते हुए उन्होंने लखनऊ की एक घटना का स्मरण किया, तब उनके पति लखनऊ में

अपने ब्रेम्पटन स्कवेयर, लन्दन, स्थित घर में पारिवारिक मित्रों के साथ।

मजिस्ट्रेट थे–"मेरे पति दूसरे व्यक्ति हैं, जिनका जन्म दिन भी आज ही है। वे आज यहां नहीं हैं। उनके लिए ईमानदारी इतनी महत्त्वपूर्ण थी कि उसके लिये उन्होंने सब कुछ बलिदान कर दिया। इस कदर वे निष्कपट है कि आप विश्वास नहीं कर सकते। एक दिन मैं पुस्तकालय गई हुई थी, जब मैं वहाँ से निकली तो मूसलाधार बारिश होने लगी। वहाँ पर कोई रिक्शा न था। सरकारी नौकरी होने के कारण आप वास्तव में गरीब होते हैं और अधिक खर्चा वहन नहीं कर सकते। अचानक मैंने पति को एक जीप में आते हुए देखा और रोका। उन्होंने कहा, 'मैं अब रुक नहीं सकता, मैं किसी आवश्यक कार्य से जा रहा हूँ और इस सरकारी जीप में तुम्हें नहीं ले जा सकता। मैंने कहा–कोई बात नहीं, क्योंकि देशभक्ति अत्यन्त महत्त्वपूर्ण है। अपने देश के लिये यदि आप में सद्भाव नहीं है तो आप कोई अच्छा कार्य नहीं कर सकते। देश का हित करने की इच्छा की संतुष्टी के लिये कोई भी बलिदान पर्याप्त नहीं है।' एक बार एक उच्चाधिकारी उनके घर दोपहर के भोजन के लिये आये। श्री श्रीवास्तव ने उन्हें कोई तोहफा देना चाहा। श्री माताजी ने उन्हें खुर्जा से लाई हुई एक साधारण पक्की मिट्टी की कृति लपेट कर उपहार के रूप मे दे दी। इतने बड़े उच्चाधिकारी को इतनी तुच्छ भेंट दिये जाने पर श्री श्रीवास्तव आश्चर्यचकित रह गये। कुछ वर्ष उपरान्त जब श्री माताजी इस उच्चाधिकारी के देश में गईं तो वह स्वयं श्री माताजी को लेने आया और जब श्री माताजी ने पक्की मिट्टी की उस कृति को विशेष प्रकार के शीशे के कक्ष में सजा हुआ देखा तो उनके आश्चर्य की सीमा न रही। उच्चाधिकारी ने कहा कि यह प्रकृतिरचित असाधारण कलाकृति है और इसके लिये उन्होंने श्री माताजी के प्रति कृतज्ञता प्रकट की। सभी स्थितियों में श्री माताजी मौन रहतीं और उनकी आंतरिक शांति एवं प्रेम उनके पति के क्रोध को पिघला देते। तब स्वादिष्ट खाने बनाकर वे उन्हें संतुष्ट कर देतीं। अगले दिन श्री श्रीवास्तव उनके लिये कोई तोहफा लेकर घर लौटते।

कल्पना और साधना श्री माताजी की दो प्रिय बेटियाँ हैं। दोनों विवाहित

श्रीमन्त सी.पी. श्रीवास्तव को नाइट की उपाधि से सम्मानित किये जाने पर लिया गया परिवार का चित्र। (पिछली पंक्ति में उनकी बेटियाँ कल्पना और साधना हैं।)

हैं और कल्पना की दो बेटियाँ हैं–आराधना और अनुपमा। साधना का एक बेटा है–आनन्द और एक बेटी सोनालिका।

''सहस्त्रार खोलने से पूर्व मैं शुद्ध खादी पहना करती थी। मेरे पति कलैक्टर थे और वे अच्छे वस्त्रों के शौकीन हैं, वे कहते, 'कम से कम कोई अच्छी चीज़ तो अपना लो।' मैं कहती, 'यही सर्वोत्तम है'। सदा मैं खादी पहनती और उससे मुझे अत्यन्त संतोष प्राप्त होता क्योंकि यह मेरा देश है जहाँ गाँवों में लोग खादी बुनते हैं''।

6

युवा उद्यम

युवा पीढ़ी की शक्ति को केन्द्रित करके राष्ट्र के पुनर्निर्माण एवं विकास कार्य में लगाने के लिये वर्ष 1961 में उन्होंने 'फिल्मों के लिये युवा समाज' आरम्भ किया। 'फिल्मों के लिये युवा समाज' का मुख्य लक्ष्य मनोरंजन, विशेषतया फिल्मों के शक्तिशाली माध्यम से युवा पीढ़ी में राष्ट्रीय, सामाजिक और चारित्रिक मूल्यों को भर देने के लिये उपयोगी और स्वस्थ मनोरंजन को प्रोत्साहित करना तथा उसका प्रचार करना था।

स्मारिका (Souvenir) में उन्होंने एक आकर्षक लेख लिखा, जिसका सार यह है: "कलाकार को चाहिए कि अपनी सुरुचि के स्तर की ओर जनता का ध्यान दिलवाये, जनता की घटिया पसन्द के सम्मुख झुककर अपनी स्वतन्त्रता को बलिदान न करें।" साक्षात्कारी कलाकार यदि शैक्षणिक एवं सामाजिक संस्थाओं से सम्बन्ध बनायें, तभी ऐसा हो पाएगा। ऐसे कलाकारों के विचारों का प्रचार समाचार पत्रों तथा पत्रिकाओं में लेखों द्वारा हो सकता

है। नाटक, चलचित्र, आकाशवाणी के माध्यम से भी लोगों को वास्तविक कला को समझने की शिक्षा दी जा सकती है। इस प्रकार कला की गरिमा को बनाये रखा जा सकता है। इन संस्थाओं के माध्यम से जनता से सम्बन्ध बनाकर कलाकार की सामाजिकता अधिक तीक्ष्ण और संवेदनशील हो उठेगी और राष्ट्र में तनिक सी बेचैनी या समाज में थोड़ा सा असंतुलन आते ही यह प्रतिक्रिया कर उठेगी। कलाकार यदि गलियों में किसी कुष्ठ रोगी को देख लेगा तो उसका हृदय सहानुभूति से द्रवित हो उठेगा और अपनी कला के माध्यम से वह ऐसे वातावरण की सृष्टि कर देगा जिससे समाजसेवक, चिकित्सक, वैज्ञानिक और राज्याधिकारी कुष्ठ की समस्या का समाधान खोजने के लिये विवश हो जायेंगे। कलाकार यदि अपने देशवासियों को देशभक्तिविहीन या कायर पाता है तो दूसरे लोगों के माध्यम से वह उनके मस्तिष्क पर गहन प्रभाव डाल सकता है। कलाकार की ऐसी प्रेरक शक्ति होती है। वे परमात्मा की सृष्टि के प्रियतम पुष्प, परमात्मा के मधुरतम स्वप्न और मानव समाज के प्रियतम अंग होते हैं।

सम्भवत: वे नहीं जानते कि उनके दर्शक, पाठक एवं श्रोता उन्हें किस प्रकार प्रेम करते हैं, उनकी पूजा करते हैं और उनका अनुसरण करते हैं।

उनके विचारों ने बम्बई के बहुत से युवा कलाकारों की कल्पना को प्रभावित किया और उन्होंने अपनी प्रतिभा का रुख अभद्र सिनेमा से मोड़ कर कलात्मक फिल्मों की ओर कर लिया। उन्होंने (श्री माताजी ने) स्वयं भी एक नाटक लिखा–"रात पागल हो गई"। वे फिल्म सेन्सर बोर्ड की सदस्य भी रहीं। इस काल में उन्होंने भारतीय फिल्मों के पावित्र्य की रक्षा करने में महत्त्वपूर्ण भूमिका निभाई।

7

सहस्त्र दल कमल पुष्पित

बर्तानवी साम्राज्य का सूर्यास्त हो चुका था। विश्व युद्धों का भी युग समाप्त हो गया था। स्वतन्त्र हुए राष्ट्र अपनी स्वतन्त्रता के प्रारम्भिक वर्षों का आनन्द ले रहे थे। परन्तु एक दुष्ट साम्राज्यवाद परमात्मा के विरुद्ध शस्त्रविहीन युद्ध छेड़कर मानव मस्तिष्क को चुप-चाप दूषित कर रहा था। पश्चिमी विश्व में सिगमंड फ्रॉयड का आसुरी सिद्धान्त आग की तरह से फैल रहा था। यौन स्वतन्त्रता को सभी मानसिक समस्याओं का समाधान माना जा रहा था। धार्मिक परम्पराओं के अभाव और सहयोगी के रूप में स्वतन्त्रता के कारण उन्मुक्त यौन आज के इस युग का उन्माद बन गया। हिप्पी, युप्पी, पंक और नये युग के बच्चों ने सभी प्रचलित नियम बंधनों से नाता तोड़कर नशों, उन्मुक्त यौन संबंधों, तेजाबी संगीत एवं संप्रदायों को अपना लिया। ईसाई चर्च के भ्रष्टाचार एवं पाखंडों ने इस दुस्साहस को बढ़ावा दिया। युवा पीढ़ी अब न तो उपदेश सुनंना चाहती थी और न ही समाज के साथ मेल-मिलाप चाहती थी। वे कुछ खोज रहे थे, पर वे न जानते थे कि क्या

खोज रहे हैं। ऋषिकेश से फेरी वाले 'यौनसे-पराचेतना', तृतीय नेत्र दर्शन, सर्पणी शक्ति या योग के नाम पर शीघ्रत: प्रभावित करने वाली किसी अन्य विधि को बेचने के लिये दौड़ पड़े।

इस समय भारत में एक भिन्न ही दृश्य था। पुजारी और सन्यासियों ने परमात्मा को हथिया लिया था। शिक्षा तथा आचरण में अन्तर के कारण मन में कपटाचार का सृजन हुआ। दूसरी ओर साधु थे जो परमात्मा को प्रसन्न करने के लिये तपस्या करते थे।

अत: पूर्व के बन्धनों तथा पश्चिम के अहम् की समस्याओं के बीच श्री माताजी विचार विमग्न थीं कि किस प्रकार आधुनिक साधकों को सामूहिक रूप से आत्मसाक्षात्कार दिया जाए।

उन्होंने गुरु नानक के शब्दों को याद किया, "गहन अंधकार के वातावरण में सत्य की अभिव्यक्ति किस प्रकार की जाए"। परन्तु प्राचीन नल-दम्यंती आख्यान में कलि ने राजा नल के सम्मुख कलयुग के महत्त्व का वर्णन किया है। "जब घोर कलयुग पृथ्वी माँ को संतप्त करेगा तब आदिशक्ति अवतरित होकर गहन जंगलों, गहरी वादियों तथा अगम्य पर्वतों पर तपस्यारत साधकों को मोक्ष प्रदान करेगी। ये साधक कलयुग में सर्वमान्य लोगों के रूप में पुनर्जन्म लेंगे और उनके गृहस्थ जीवन में ही वे उन्हें आत्मसाक्षात्कार प्रदान करेंगी"।

श्री माताजी ने इन तथाकथित सन्यासियों की कार्यप्रणाली का अध्ययन करने का निर्णय किया। जब वे जबलपुर में अपने भाई से मिलने गईं हुईं थीं तो रजनीश नामक दर्शनशास्त्र के एक आचार्य ने उन्हें देखा तो इनके सम्मुख साष्टाँग लेट गया और आदिशक्ति कहकर इनका गुणगान किया। तब तक श्री माताजी अपने दिव्य अवतरण को प्रकट नहीं करना चाहती थीं।

रजनीश को जब पता चला कि उनके पति भारतीय पोत निगम के अध्यक्ष हैं तो उसने अपने बहुत से व्यापारी मित्रों के लिये उनसे कार्य करवाने का प्रयत्न किया। अपना कार्य करवाने के लिये वे उन्हें कहते रहे कि उनके समर्थन से यह कार्य हो जाएगा। अचानक श्री माताजी ने एक दिन रजनीश को 4 मई, 1970 को बम्बई के निकट नारगोल में होने वाले सेमिनार में जाने की सहमति दे दी। आध्यात्मिकता के नाम पर उसे लोगों को लूटता देखकर श्री माताजी को इतना आघात लगा कि वे पूर्णतया विरक्त हो गईं।

सहस्रार खोलने का वर्णन उन्होंने इस प्रकार किया है, "हमारे अन्दर स्थित आदिशक्ति परम चैतन्य रूपी कुण्डलिनी को मैंने इस प्रकार स्पष्ट ऊपर उठते हुए देखा जैसे दूरबीन से देख रही हूँ। और तब मैंने पूरे सहस्रार को खुलते हुए देखा और किरणों की एक मूसलाधार वर्षा मेरे सिर से निकलकर चारों तरफ फैलने लगी। मुझे लगा कि मैं समाप्त हो गई हूँ, मुझमें कुछ भी शेष नही है। केवल परमात्मा की कृपा है। मैंने यह सब अपने साथ घटित होते हुए देखा।"

यह सहजयोग का श्रीगणेश था, उस कार्य का प्रारम्भ जिसे पूरा करने के लिये वे अवतरित हुईं और जिसे केवल आदिशक्ति ही पूरा कर सकतीं थीं।

पूरी रात उन्होंने समुद्र तट पर विचारते हुए गुज़ार दी और ऊषा काल में असत्य के प्रति घृणा तथा बच्चों की रक्षा करने की करुणा ने उन्हें 5 मई, 1970 को ब्रह्माण्ड का सहस्रार खोलने पर विवश कर दिया।

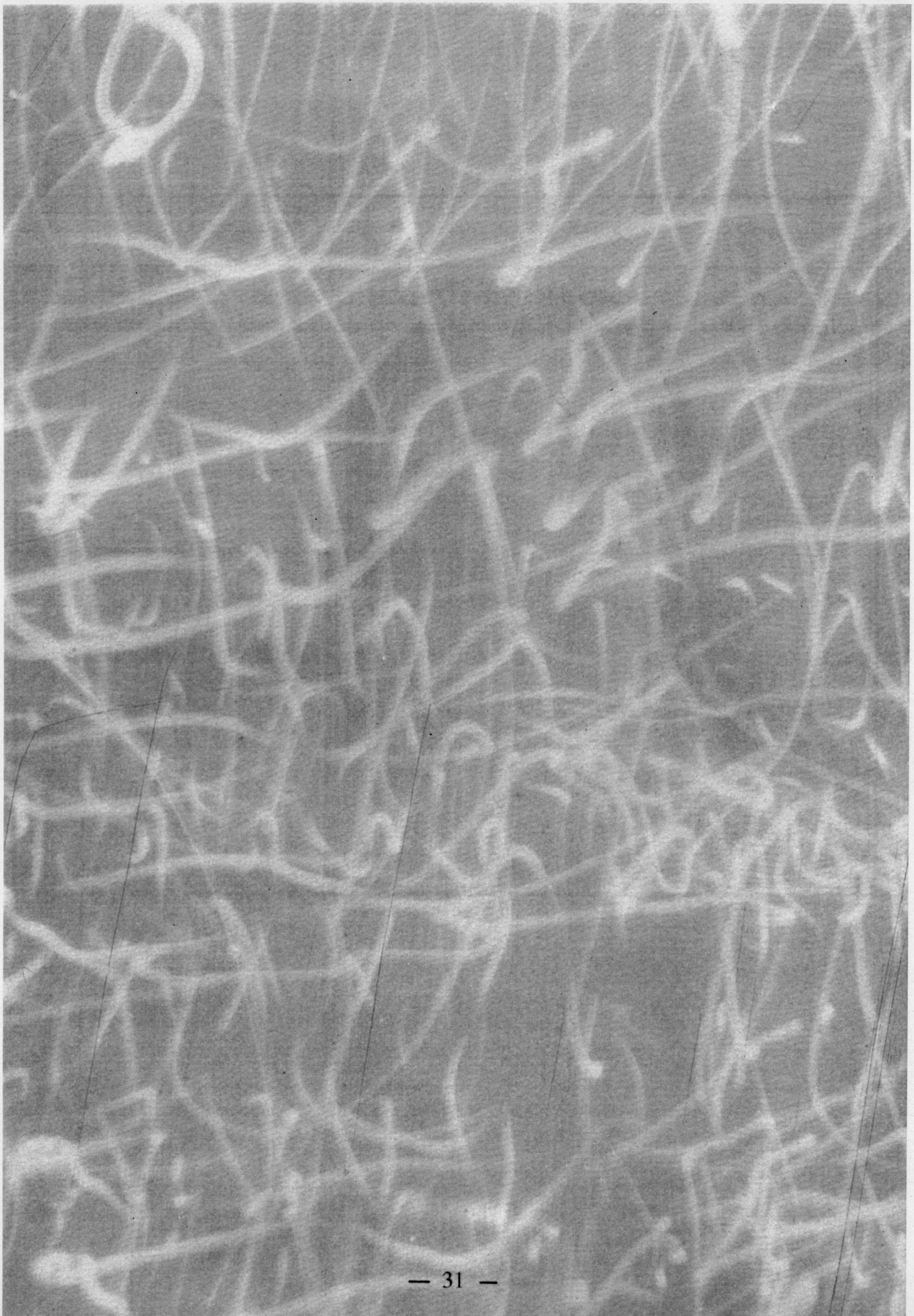

8

सहजयोग

अब तक हमने केवल अहं की शक्ति का ही प्रयोग किया है क्योंकि प्रेम की शक्ति को हमने पहचाना नहीं। प्रेम दिव्य शक्ति है और सहजयोग हमें इसका उपयोग सिखाता है। धर्म को परमात्मा से जोड़ने का विचार मिथ्या है। धर्म के माध्यम से आपका सम्बन्ध परमात्मा से नही हो सकता, क्योंकि धर्म केवल मानसिक क्रिया है। हमारे अन्दर कोई ऐसी शक्ति नहीं, जो हमारी स्वच्छन्दता को नियंत्रित कर सके। उदाहरणतया ऐसी कोई शक्ति नहीं जो हमें नशे या शराब आदि का सेवन करने से रोक सके। परन्तु हमारे अन्तस्थित यन्त्र अर्थात् कुण्डलिनी के माध्यम से व्यक्ति अपने सृष्टा से योग का अनुभव कर सकता है और इस स्थिति को बनाये रखने के लिये आवश्यक नियम भी विकसित कर सकता है। सहजयोग हमें सामूहिक चेतना के स्रोत से जोड़ने वाला विज्ञान है। श्री माताजी कुण्डलिनी को जागृत करके इसे परमात्मा के प्रेम की सर्वव्यापी शक्ति से जोड़ देतीं हैं।

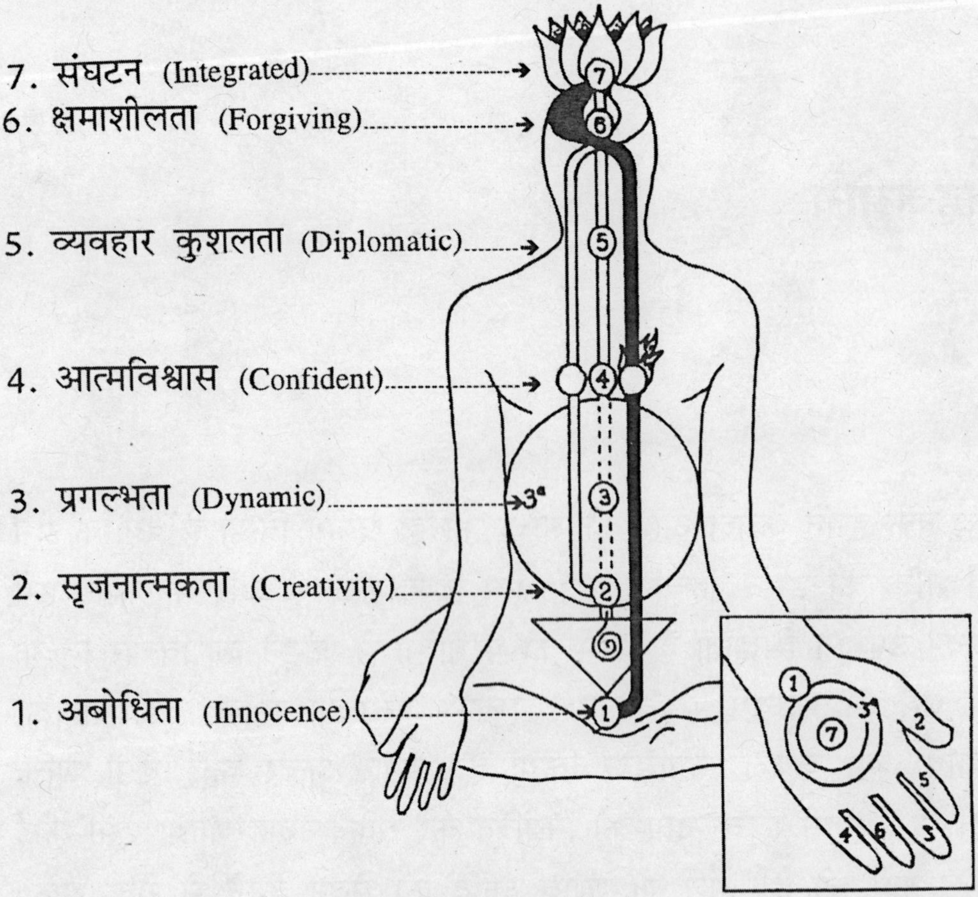

सूक्ष्म प्रणाली से

शिशु का व्यक्तित्व विकास

सहज (सह+ज) अर्थात् आपके साथ जन्मा (अन्तर्जात)। कोई भी चीज़ जो अन्तर्जात है उसकी अभिव्यक्ति बिना किसी प्रयत्न के होगी। यह प्रयत्नविहीन, स्वतः और सहज है। उदाहरण के रूप में एक बीज अंकुरित होकर पेड़ बनता है, उस पर फूल खिलते हैं और फूल फलों में परिवर्तित हो जाते हैं। मानव प्रयत्न बीज के पेड़ में परिवर्तित होने की इस प्रणाली को नहीं बदल सकता। माली केवल पेड़ के विकास की देखभाल कर सकता है। इसी प्रकार हमारे उत्थान की ओर अग्रसर होने के लिये चेतना के विकास की प्रणाली भी स्वतः ही घटित होती है। भ्रूण जब माँ के गर्भ में होता है तो परमात्मा के प्रेम की सर्वव्यापी शक्ति से निकली हुई चेतन किरणें उसके मस्तिष्क को प्रकाशित करने के लिये उसमें से गुजरती हैं। मस्तिष्क का आधार समपार्श्व (प्रिज़्म की शक्ल का) होने के कारण किरण समूह जब इस पर पड़ता है तो नाड़ी तंत्र के चार पहलुओं के अनुरूप यह प्रकाश चार भिन्न दिशाओं में मुड़ जाता है। वे मार्ग निम्न हैं:

1. परानुकम्पी नाड़ी तन्त्र (Parasympathetic Nervous System)
2. दायाँ नाड़ी तन्त्र (Sympathetic Nervous System—Right)
3. बायाँ नाड़ी तन्त्र (Sympathetic Nervous System—Left)
4. मध्य नाड़ी तन्त्र (Central Nervous System)

यह किरण समूह जब तालु अस्थि पर पड़ता है तो तालु को भेदकर सुषुम्ना मार्ग से पूरे मज्जका (Medulla Oblongata) में प्रवेश कर जाता है। मज्जका मार्ग में एक सूक्ष्म सूत्र जैसी रेखा छोड़कर यह ऊर्जा (शक्ति) मेरू रज्जू के छोर पर स्थित त्रिकोणाकार अस्थि (मूलाधार) में साढ़े तीन लपेटों में बैठ जाती है। मस्तिष्क के केन्द्र ब्रह्मरन्ध्र या सहस्रार में से प्रवेश करके

यह सूक्ष्म शक्ति छ: अन्य केन्द्रों, जिन्हें हम चक्र कहते हैं, की ओर अग्रसर होती है। रीढ़ की हड्डी पर सुषुम्ना मार्ग में इस सूक्ष्म शक्ति की स्थूलाभिव्यक्ति परानुकम्पी नाड़ी प्रणाली के रूप में तथा चक्रों की अभिव्यक्ति मेरू रज्जू के बाहर के केन्द्रों के रूप में होती है। इसे स्वचालित नाड़ी तन्त्र या स्वत: चलने वाली प्रणाली भी कहते हैं, यह प्रणाली उस एक पेट्रोल पम्प की तरह है जो दिव्य प्रेम के पेट्रोल से हमें परिपूर्ण कर देती है। परन्तु ज्यों ही मानव शिशु जन्म लेता है और उसका नाभि सूत्र टूटता है तो सुषुम्ना पर एक रिक्ति बन जाती है। इस रिक्ति को जेन प्रणाली में रिक्त स्थान (Void) और भारतीय प्रणाली में माया या भवसागर कहते हैं।

बाद में जब अहम् और प्रति-अहम् गुब्बारों की तरह से मानव मस्तिष्क के बायें और दायें अनुकम्पी नाड़ी प्रणाली को तालु मार्ग पर ढ़क लेते हैं, तब तालु मार्ग की हड्डी कठोर हो जाती है और दिव्य प्रेम की सर्वव्यापी शक्ति से पूर्णतया सम्बन्ध-विच्छेद हो जाता है। तब मानव स्वयं को एक पृथक अस्तित्व के रूप में पहचानता है तथा "मैं" (अहम्) की चेतना सर्वोपरि हो जाती है। यही कारण है कि मानव अपनी विश्वव्यापी अचेतनता को नहीं जानता, जहाँ से वह अहम् द्वारा चालित होता है।

अनुकम्पी नाड़ी प्रणाली की सृष्टि इस सर्वव्यापी शक्ति को उपयोग करने के लिये की गई है। दो प्रणालियाँ हैं-बायीं और दायीं। मज्जका तन्तु में सूक्ष्म रूप से इस ऊर्जा को ले जाने वाले दो मार्ग हैं, जिन्हें इड़ा और पिंगला के नाम से जाना जाता है। दायाँ भाग गतिशील चेतना की आकस्मिकताओं को देखता है और बायाँ भाग अवचेतन मस्तिष्क या मनस की देखभाल करता है। सहजयोग की खोज के बाद मानवीय चेतना को उच्च स्तर तक परिवर्तित कर पाना संभव हो गया है।

व्यक्ति खुली आँखों से कुण्डलिनी को मूलाधार पर स्पन्दित होते देख सकता है और मेरू रज्जू (रीढ़) पर भिन्न चक्रों के अस्तित्व को अपनी अँगुलियों से महसूस कर सकता है। पहले सुषुम्ना के अन्दर की रिक्ति को भर पाना अत्यन्त कठिन कार्य था। अब अनुभव किया जा रहा है कि दिव्य प्रेम की चैतन्य शक्ति से इसे भरा जा सकता है। तेजस्वी माँ की तरह कुण्डलिनी उठती है तथा बच्चे (साधक) को बिना कष्ट दिये ब्रह्मरन्ध्र (तालु भाग) का भेदन करती है।

दो विचारों के बीच के समय (विलम्ब में), क्षण भर में यह घटित हो जाता है। यदि साधक रोगी या अनुकम्पी नाड़ी तन्त्र की अवांछित गतिशीलता के कारण उसके चक्र अवरुद्ध हैं तो भी कुण्डलिनी सभी की व्यक्तिगत माँ एवं प्रेम, ज्ञान और सौन्दर्य का अवतरण होने के कारण, बिना कोई कष्ट दिये बच्चे को पुनर्जन्म देकर सुन्दरतापूर्वक अपने प्रेम को प्रकट करती है।

ज्योंही व्यक्ति का चित्त अपनी आन्तरिक चेतना की ओर जाने लगता है, वह अन्य लोगों की कुण्डलिनी को भी उठा सकता है। अन्य लोगों में कुण्डलिनी, इसके स्वभाव तथा स्थिति का ज्ञान उसे होने लगता है। इस प्रकार सामूहिक चेतना स्थापित होने लगती है। व्यक्ति एक सर्वव्यापक अस्तित्व बन जाता है। प्रेम की शक्ति इतनी गतिशील और महान है कि अंगुलियों के हिलने मात्र से हजारों लोगों की कुण्डलिनी उठ जाती है। यह स्वर्णिम युग–सत्ययुग के आगमन के चिह्न हैं।

सहजयोग मानव की समस्याओं को संतुलित करता है, इन्हें निष्प्रभावित कर व्यक्ति को इनसे छुटकारा दिलाता है तथा मानवता का सम्बन्ध परमात्मा से

कराता है। शुद्ध हृदय से आदिशक्ति (माताजी श्री निर्मला देवी) की पूजा करने वाले हजारों लोगों ने कैंसर, मिर्गी, पक्षाघात्, अस्थमा, हृदयशूल, उच्च रक्तचाप तथा कई अन्य मनोदैहिक रोगों से मुक्ति पा ली है। सहजयोग द्वारा अस्थमा, उच्च रक्तचाप तथा श्वासनली संबंधी रोगों के इलाज पर शोध के लिये दिल्ली विश्वविद्यालय ने तीन चिकित्सकों को एम.डी. (M.D.) की उपाधि प्रदान की है। अपने शोध पर प्रोफेसर यू.सी. राय ने "मेडिकल साइंस एनलाइटेंड" नामक पुस्तक लिखी है। आजकल चैतन्य लहरियों के माध्यम से रक्त कैंसर को ठीक करने के लिये शोध कार्य चल रहा है।

ज्यों-ज्यों लोग अपने आत्मसाक्षात्कार को स्थापित करने लगे, उनकी रोटी, कपड़े और आश्रय की भौतिक समस्याओं का चमत्कारिक रूप से समाधान होने लगा। यहाँ तक कि श्री माताजी की फोटो से बहने वाली दिव्य लहरियों ने रोगियों को ठीक कर दिया। फिर भी एक साधारण व्यक्ति को वे अपने घरेलू काम-काज में संतुष्ट, समर्पित गृहणी की तरह प्रतीत होती हैं। यह उनकी माया है क्योंकि वे महामायामयी हैं।

चैतन्य लहरियों से वे लोगों को अनुभव करती हैं। प्रायः जब अनुयायी उनसे मिलने आते हैं और अभी घर से बाहर ही होते हैं, श्री माताजी को उनकी चैतन्य लहरियाँ महसूस हो जाती हैं और वे जान जाती हैं कि कौन आ रहा है।

किसी भिन्न स्थान पर बैठे हुए व्यक्ति को भी अपने चित्त द्वारा या उसके फोटो के माध्यम से चैतन्य लहरियाँ पहुँचाना संभव है। उदाहरणार्थ इंगलैंड में अपने एक शिष्य की चैतन्य लहरियाँ देखकर उन्होंने बताया कि उसके पिता को हृदय रोग की समस्या है। शिष्य ने जब अपनी माँ को टेलीफोन

किया तो उसे पता लगा कि उसके पिता को हाल ही में हृदयाघात हुआ है। श्री माताजी ने अपना चित्त उसके हृदय पर डाला तो अगले ही दिन उसका टेलीफोन आया कि चमत्कारिक रूप से रोग ठीक हो गया है।

चैतन्य लहरियों के माध्यम से पूर्ण सत्य की पुष्टि की जा सकती है। आपके प्रश्न पूछने पर यदि ठंडी लहरियां आयें तो यह सत्य की पुष्टि करती हैं और यदि चैतन्य लहरियाँ गर्म हों तो यह असत्य की ओर इशारा करती हैं। उदाहरणार्थ चित्र के सम्मुख जब यह प्रश्न पूछा जाये कि, ''क्या ईसा मसीह परमात्मा के पुत्र थे?'' ठंडी लहरियाँ बहने लगती हैं या एक अन्य प्रश्न कि, ''श्री माताजी क्या आप ही ईसा द्वारा बतायी गई आदिशक्ति (Holy Ghost) हैं?'' हाथों में ठंडी लहरियां बहने लगती हैं और इस बात की पुष्टि करती हैं कि यह पूर्ण सत्य है।

9

प्रेम पंखों पर प्रचार

चीन की एक पुरानी कहावत है कि, ‘‘पहले कदम से दस हजार मील की यात्रा का आरम्भ हो जाता है’’। सहजयोग का आरम्भ बम्बई और दिल्ली के मुट्ठी भर साधकों से हुआ। मित्रगण अपने घरों में छोटी-छोटी सभाओं का आयोजन करते जहाँ श्री माताजी आत्मसाक्षात्कार प्रदान करतीं। अपने विषय में वे बहुत कम बतातीं परन्तु साधकों के चक्रों को स्थापित करने के लिये अथक घंटों तक कार्य करतीं।

शनैः-शनैः उन्होंने सार्वजनिक कार्यक्रमों में सामूहिक साक्षात्कार देना शुरू किया। सहजयोगियों की संख्या कुछ सौ तक पहुँच गई और दिल्ली तथा बम्बई में सहजयोग केन्द्र स्थापित हो गए। श्री माताजी संख्या की अपेक्षा साधकों की योग्यता पर अधिक ध्यान देतीं। आत्मसाक्षात्कार प्रदान करने के लिये किसी से कोई पैसा लिये बिना अपने धन को खर्च करते हुए उन्होंने सहजयोग आरम्भ किया।

अमरीकी साधकों को कुगुरुओं के कुचक्रों से बचाने के लिये वह बहुत उत्सुक थीं, क्योंकि इससे उनका विनाश हो रहा था। सन् 1972 में उन्होंने अपनी सोने की चूड़ियाँ बेच डालीं और अमरीका के लिये चल पड़ीं। खुल्लम-खुल्ला उन्होंने कुगुरुओं का अनावरण किया और चेतावनी दी कि अमरीका में प्रचलित उन्मुक्त और विकृत यौन संबंधों के कारण कोई घातक बीमारी वहाँ फैल सकती है। परन्तु वहाँ के लोगों पर स्वच्छन्दता का इतना नशा था कि उन्होंने इस बात की ओर कोई ध्यान नहीं दिया और कुछ ही वर्षोंपरान्त वहाँ एड्स रोग फूट पड़ा। अमरीका की इस दुर्दशा पर वे बहुत खिन्न थीं और समुद्री जहाज से भारत वापिस आते हुए उनका हृदय अपने बच्चों की रक्षा करने के लिये तड़प उठा। उन्होंने लिखा:

ओ मेरे पुष्प सम बच्चो,
तुम जीवन से नाराज़ हो,
नन्हें शिशिओं की तरह,
माँ जिनकी अंधेरे में खो गई।

निष्फल यात्रा के अन्त की निराशाभिव्यक्ति
के कारण रुष्ट हो तुम,
सौन्दर्य की खोज में
असौन्दर्य ओढ़े हो तुम।
सत्य के नाम पर असत्य का नाम लेते हो तुम।
प्रेम प्याला भरने की खातिर
भावनाएं बहाते हो तुम।
मेरे मधुर-मधुर बच्चो,
स्वयं से, अपने अस्तित्व से,
और साक्षात् आनन्द से युद्ध-रत हो,
किस प्रकार शान्ति प्राप्त कर सकते हो तुम।
शान्ति की बनावटी नकाब और त्याग के प्रयत्न काफी हुए,
अपनी करुणामयी मां की गोद में,
कमल की पंखुड़ियों पर अब करो विश्राम।

सुन्दर पुष्पों से सजाऊंगी जीवन तुम्हारा,
आनन्द सुगन्ध से भर दूंगी हर पल तुम्हारा।
दिव्य प्रेम से तुम्हारे मस्तक का करूंगी अभिषेक,

कष्ट तुम्हारे अब मुझसे सहन होते नहीं
आओ डुबो दूं तुम्हें आनन्द सागर में,
डुबो दो अपने अस्तित्व को
एक महान अस्तित्व में।
जो आत्मा के बाह्यदल पुंज में मुस्कुरा रहा,
सदा तुम्हें छेड़ने के लिए,
रहस्यमय ढंग से छुपा हुआ।
चेतन हो कर देखो उसे
दिव्य आनन्द से अपने रोम-रोम को
चैतन्यित करता हुआ,
पूर्ण ब्रह्मांड को प्रकाश से भरता हुआ।

सन् 1974 में श्री माताजी के पति सर्वसम्मति से अंतर्राष्ट्रीय समुद्रवर्ती संस्था के महासचिव चुने गए। श्री माताजी ने लंदन में अपना घर बना लिया। उन्हें

वहाँ कठिन राजनैतिक जीवन, अनगिनत लोगों के आगमन और सरकारी यात्राओं को सहन करना पड़ा। बर्तानवी अहम् को वे न समझ सकीं। व्यस्त राजनैतिक जीवन के मध्य सात हिप्पियों से उन्होंने वहाँ सहजयोग आरम्भ किया और उनकी रक्षा के लिये तीन वर्षों तक उन पर अथक परिश्रम किया, यहाँ तक कि भोजन के लिये भी उन्हें धन दिया।

धीरे-धीरे उनके प्रयत्न फलीभूत हुए और विलियम ब्लेकॅ की भविष्यवाणी के अनुसार लेम्बेट घाटी में पहले आश्रम की स्थापना हुई। नये येरूशलम की सृष्टी आरम्भ हुई। सहजयोग ने आपेक्षित छलांग लगाई यद्यपि इसमें कोई सदस्यता, संस्था, कार्यालय या कार्यकारी न थे। प्रेम पंखों पर सहजयोग यूरोप और आस्ट्रेलिया में फैला।

हर साल वे कुछ महीनों के लिये वापस आतीं और महाराष्ट्र के गाँवों में कार्य करतीं। उनका हृदय भारत की जनता के साथ था और आने वाले 15 वर्षों में उनका कार्यक्षेत्र प्रायः गाँवों तक ही सीमित रहा। कभी-कभी वह बैलगाड़ी से गाँवों की यात्रा करतीं और फिर अगले गाँव के लिये पैदल चल देतीं।

वह फर्श पर या सर्वसाधारण चारपाई पर सोतीं। सादा खाना खातीं, नदी में स्नान करतीं-शारीरिक सुखों का उनके लिए कोई महत्त्व ही न था। आत्मा के सुख ही उन्हें आनन्द प्रदान करते।

महाराष्ट्र की भूमि सन्तों से आशीर्वादित है। वहाँ के लोग गरीब हैं परन्तु उनकी आत्मा धनी है और चैतन्य लहरियों के प्रति अति संवेदनशील है।

राहुरी से लेकर पुणे तक, सभी ग्रामवासियों ने सामूहिक आत्मसाक्षात्कार

प्राप्त किया। प्रायः वे पाँच सौ विदेशी सहजयोगियों को भिन्न-भिन्न स्थानों की चैतन्य लहरियों का आनन्द लेने के लिये अपने साथ यात्रा पर ले जातीं। जब शाम को वे लौटतीं तो आकाश गुलाबी चमक से आच्छादित चैतन्य लहरियों से परिपूर्ण होता।

सन् 1980 तक सहजयोग सभी महानगरों में फैल गया। श्री माताजी ने भारत के राष्ट्रपति श्री संजीव रेड्डी के हृदय रोग को ठीक किया और उन्होंने दिल्ली में पहले आश्रम के लिये स्थान की स्वीकृति दी। पक्षाघात् से पीड़ित दिल्ली के एक चिकित्सक पूर्णतया: रोगमुक्त हो गये। देहरादून में रक्त कैंसर से पीड़ित एक वास्तुकार (Architect) मौत के मुँह से लौट आए। बम्बई के एक सिविल इंजीनियर की जिगर की घातक बीमारी ठीक हो गई। लोगों के अपने अनुभवों से सहजयोग पूरे भारत में फैल गया था, इस कार्य के लिये न तो समाचार पत्रों में प्रचार हुआ और न ही इसके लिए धन उपलब्ध था। इस पवित्र कार्य के लिए भारतीय समाचार पत्रों के पास तो सराहना का एक शब्द भी न था।

कौलालम्पुर में पाँच सौ लोग श्री माताजी के पास भिन्न रोगों को ठीक

करवाने के लिये आए। श्री माताजी ने पृथ्वी माँ से सहायता माँगी। सभी लोगों को नंगे पाँव पृथ्वी पर खड़ा करके पृथ्वी को चैतन्यित करते हुए श्री माताजी ने धरा माँ से प्रार्थना की कि उन सबकी अशुद्धियों का भार अपने अन्दर खींच लें। पृथ्वी अपवित्र लहरों को सोखती है और लोग चैन का अहसास करने लगते हैं। उन सबने अपने हाथों में शीतल लहरियों का अनुभव किया। बम्बई में एक व्यक्ति अपने व्यसनी पुत्र को श्री माताजी के पास ले आया। श्री माताजी ने उसे आत्मसाक्षात्कार दिया, लड़का सारी रात शान्तिपूर्वक सोया और उसके बाद उसे कभी हशिश सेवन की इच्छा न हुई। एक तंग आई पत्नी अपने शराबी पति को एक कार्यक्रम में ले आई और रातों-रात उसने शराब पीना छोड़ दिया। गठिया रोग का एक रोगी आत्मसाक्षात्कार पाने के आधे घंटे बाद बिना किसी सहारे के चलने लगा। चक्षुहीन देखने लगे और बहरों को सुनाई देने लगा। उनके चमत्कारों की कहानियाँ पूरे विश्व में फैल गईं और सहजयोग की जड़ें दक्षिण अमरीका, ऑस्ट्रेलिया, न्यूजीलैंड, अफ्रीका, उत्तरी अमरीका, तुर्की और सुदूर पूर्व देशों में फैल गईं।

वर्ष 1989 में राष्ट्रपति गोर्बाच्येव की ग्लासनॉस्ट (Glassnost) और पेरेस्त्रोइका (Perestroika) नीतियों के कारण लौह आवरण हट गया। अपनी अद्वितीय नीति में गोर्बाच्येव ने जनसाधारण के लिये आध्यात्मिक सिद्धान्तों को भी जोड़ना चाहा। नई दिल्ली में सोवियत दूतावास को भारतीय आध्यात्मिक आन्दोलनों का अध्ययन करने का आदेश दिया गया। दूतावास ने ऋषिकेश और पुणे में अपने दूत भेजे। रजनीश को इसकी भनक पड़ गई और उसने रूसी अधिकारियों को प्रभावित करने का भरसक प्रयत्न किया। इसी दौरान बी.बी.सी. द्वारा प्रसारित सामूहिक यौन गतिविधियों की एक पुरानी फोटो

क्रेमलिन के हाथ लग गई और किसी दहकती हुई ईंट की तरह से रजनीश का प्रस्ताव छोड़ दिया गया। अगस्त 1989 में सोवियत स्वास्थ्य मंत्रालय ने अपने स्वास्थ्य कार्यक्रमों में सुधार लाने के लक्ष्य से श्री माताजी को सहजयोग आरम्भ करने के लिये आमंत्रित किया।

सोवियत संघ ने अपने चिकित्सा क्षेत्र में सहजयोग की स्थापना के लिए श्री माताजी के "लाईफ इटरनल ट्रस्ट" के साथ ऐतिहासिक नियमाचार पत्र पर हस्ताक्षर किये। जिसका हिन्दी रूपान्तरण नीचे प्रस्तुत है

नियमाचरण

स्वास्थ्य मंत्रालय, सोवियत सोशलिस्ट रिपब्लिक एवं अन्तर्राष्ट्रीय लाइफ इटरनल ट्रस्ट के मध्य सहजयोग विधियों पर सोवियत सोशलिस्ट रिपब्लिक में शोध करने के लिए दृढ़ संकल्प मास्को के, नियमाचरण अगस्त 9, 1989, श्री वी.आई. इलियन, सोवियत रिपब्लिक के स्वास्थ्य मंत्रालय के प्रतिनिधि सोशलिस्ट एवं अंतर्राष्ट्रीय लाइफ इटरनल ट्रस्ट के प्रतिनिधियों श्री माताजी निर्मला देवी, श्री योगेश्वर महाजन, श्री ब्रियन वेल्स और श्री बोगडनशिलोविश के मध्य यू.एस.एस.आर. स्वास्थ्य मंत्रालय में 4 अगस्त 1989 को एक गोष्ठी हुई। दोनों पक्ष परस्पर मंत्रणा से समस्या के निम्न परिणाम तक पहुँचे:

1. अंतर्राष्ट्रीय लाईफ इटरनल ट्रस्ट के प्रतिनिधियों द्वारा प्रस्तावित सहजयोग विधियाँ भारतीय चिकित्सा विज्ञान की प्राचीन परम्पराओं पर आधारित हैं। चिकित्सा के क्षेत्र में ये विधियाँ बहुत से चिकित्सा विशेषज्ञों के लिये अत्यन्त रूचिकर हो सकती हैं। सहजयोग की विधियों का यू.एस.एस.आर. में विस्तृत उपयोग करने के लिये आवश्यक है कि इनकी गहनतापूर्वक वैज्ञानिक जाँच की जाए और चिकित्सालयों में इनका परीक्षण किया जाए।
2. सभी प्रतिनिधियों का विश्वास है कि वर्ष 1989 में सहजयोग के लिये कुछ विशेष मार्ग निकाल पाना संभव है।

हस्ताक्षर:
वी.आई. ईलियन
मुख्य प्रशासनिक वैज्ञानिक
एवं चिकित्सा तकनीकी
स्वास्थ्य मंत्रालय। यू.एस.एस.आर.

हस्ताक्षर:
योगेश्वर महाजन
अंतर्राष्ट्रीय लाइफ इटरनल ट्रस्ट

आने वाले चार वर्षों में सहजयोग दावानल की तरह तेजी से फैला। मास्को, पीटर्सबर्ग, तेलियाती और कीव महानगरों में एक लाख से भी अधिक सहजयोगी हैं। तीस-तीस हजार लोगों से खचाखच भरे खेल के विशाल स्टेडियमों में श्री माताजी के कार्यक्रम हुए।

सोवियत संघ के टूटने के पश्चात् वहाँ के सभी राष्ट्रों को भयंकर आर्थिक संकटों का सामना करना पड़ा। कारखाने पूर्णतया बन्द हो गये और आवश्यकता की वस्तुएं और भोजन की बहुत कमी हो गई। पश्चिमी राष्ट्र अभी तक अपनी नीतियों का निर्णय न कर पाये थे। श्री माताजी अत्यन्त चिन्तित थीं, उन्होंने 14 नवम्बर 1993 को मास्को में एक पूजा में वहाँ के लोगों को महालक्ष्मी तत्त्व से आशीर्वादित किया। उनके प्रेम से रूस को लोगों के हृदय द्रवित हो उठे कि इस संकट की घड़ी में भी उनकी देवी माँ उन्हें भूली नहीं और इतनी भयंकर ठण्ड में भी उनकी प्रार्थना का उत्तर देने के लिये वे यहाँ चली आईं। उन्होंने कुँवारी मरिया के रूप में उनकी पूजा की और कहा-"माँ इतने वर्षों से हम आपकी प्रतीक्षा कर रहे थे। एक प्राचीन भविष्यवाणी से हम जान चुके थे कि पूर्व की भूमि से रूसी माँ हमारी रक्षा करने के लिये आएँगी।"

मास्को के एक चिकित्सा सम्मेलन में छः सौ डॉक्टर उपस्थित थे। ज्योंही श्री माताजी ने प्रवचन शुरू किया, उन सब ने प्रार्थना की कि पहले उन्हें आत्मसाक्षात्कार प्रदान किया जाए। नई दिल्ली में रूसी राजदूत ने उन्हें सम्मानित किया और अपने देश की संकट की इस घड़ी में सहायता करने के लिये उनके प्रति कृतज्ञता प्रकट की।

12 नवम्बर 1993 को पैट्रोवेस्किया विज्ञान एवं कला अकादमी, सेन्ट पीटर्सबर्ग ने श्री माताजी को अकादमी के अवैतनिक सदस्य के पद से सम्मानित किया।

अकादमी ने ऐसा ही सम्मान एलबर्ट आइन्स्टीन को भी प्रदान किया था, परन्तु अकादमी के अध्यक्ष ने कहा कि आइन्स्टीन ने निर्जीव पदार्थ पर कार्य किया था पर श्री माताजी का कार्य उनके (आइन्स्टीन) कार्य से कहीं महान् है क्योंकि यह मानव को शान्ति प्रदान करता है। 14 सितम्बर 1994 को अकादमी ने सहजयोग के साथ एक वैज्ञानिक सम्मेलन का आयोजन किया। प्रमुख वैज्ञानिकों ने सहजयोग को "मूल विज्ञान" के रूप में स्वीकार किया और घोषणा की कि विज्ञान सहजयोग के स्तर पर अभी तक प्रगति नहीं कर सका है।

रूस के बाद सहजयोग रुमानिया, पोलैंड, हंगरी और चैकोस्लोवाकिया में फैला। 1993 में श्रीमन्त आयतुल्ला मेंहदी रूहानी, जोकि शिया मुसलमानों के चार सम्माननीय अगुआओं में से एक हैं, ने श्री माताजी को परमात्मा

के अवतरण के रूप में पहचाना और उनसे आत्मसाक्षात्कार प्राप्त किया। 1994 में फ्रांस ने सहजयोग को धर्म के रूप में सरकारी मान्यता प्रदान की। सन् 1994 में ब्रैज़िलिया यात्रा के दौरान वहां के मेयर ने वायुयान पर उनका स्वागत किया और नगर की चाबियां उन्हें भेंट की। श्री माताजी ने चाबियों के लिये उनका धन्यवाद किया और अपने पवित्र हृदय से लगाकर कहा, "हार्दिक धन्यवाद, मैं इन्हें अपने हृदय में स्थान दूँगीं।"

जनसभाओं में श्री माताजी धर्मान्धता को साधक के आध्यात्मिक विकास में बाधा कहते हुए इसकी स्पष्ट रूप से निन्दा करती हैं। वे कहती हैं, "मैं यहाँ वोट लेने नहीं आई हूँ, आपको सत्य बात बताने आयी हूँ।" जब सहजयोगी उनकी सुरक्षा की चिन्ता करते हैं तो पुनः विश्वस्त करने वाली मुस्कान के साथ वे उत्तर देती हैं, "विश्व की पूरी घृणा से प्रेम कहीं अधिक शक्तिशाली है। चिन्ता मत करो, इस जीवन में कोई क्रूसारोपण नहीं है। इस बार नाटक बिल्कुल भिन्न होगा। क्या आपने देखा नहीं कि किस प्रकार बुरे लोग मेरे सामने आकर काँपने लगते हैं?"

उनकी एक अनअपेक्षित किन्तु आनन्ददायी विशेषता है उनकी अद्वितीय विनोदशीलता। जनकार्यक्रमों के पश्चात् उनके चारों ओर सहजयोगी फर्श पर घंटों बैठकर उनके सूक्ष्तम चुटकुलों और जिन्दादिल विनोदशीलता का आनन्द लेते रहते हैं। कोई भी महत्त्वहीन घटना खेल-खेल में बिना किसी प्रयत्न के हृदय के किसी बहुमूल्य छोटे से कोने को खोलती हुई विवेकमयी कहानी, सौन्दर्य की एक कविता बन जाती है। आज सहजयोग का अभ्यास 65 राष्ट्रों में किया जा रहा है।

10

गगनगिरी महाराज से भेंट

एक दिन श्री माताजी ने एक महान संत, गगनगिरी महाराज से ऊँची पहाड़ी पर स्थित उनके आश्रम में मिलने की इच्छा व्यक्त की। यह गुरु पंच तत्त्वों पर अपने प्रभुत्व के कारण प्रसिद्ध हैं।

"श्री माताजी आप क्यों इस व्यक्ति से मिलने के लिये पहाड़ी पर चढ़ना चाहती हैं?" सहजयोगियों ने पूछा। "आप चैतन्य लहरियाँ देखो।" पहाड़ी की चोटी से शीतल लहरियाँ आईं और सहजयोगी पहचान गये कि गुरु दिव्य पुरुष हैं। ज्योंही श्री माताजी ने चढ़ाई शुरू की, मूसलाधार वर्षा होने लगी और वह पूरी तरह नहा गईं।

गुरु की छाया को व्याग्रतापूर्वक संकेतों द्वारा वर्षा रोकने का प्रयत्न करते हुए देखा जा सकता था। जब देवी पहुँची तो सन्त ने खेदपूर्वक कहा, "यह कम्बख्त बारिश सदा मेरा कहना माना करती थी पर इस बार मैं इसे रोक ही न सका! माँ, आपने मेरी शक्तियाँ क्यों ले ली हैं?" श्री माताजी

मुस्कुराई, "तुमने मेरे लिये एक साड़ी खरीदी है, अब मुझे वह साड़ी पहननी पड़ेगी।" सन्त प्रेम से पिघल गया। वह समझ चुका था कि देवी की साड़ी से टपकता हुआ पानी चैतन्यित था और उसके आश्रम को आशीर्वादित कर रहा था। सन्तों को सम्मान देने के श्री माताजी के अपने ही तरीके हैं।

एक बार श्री माताजी एक गरीब महिला की टूटी झोंपड़ी पर रुकीं और गन्दे बर्तन में उन्हें भेंट किया गया थोड़ा सा खाना अत्यन्त आनन्दपूर्वक खाया। बाद में जब कुछ सहजयोगियों ने पूछा कि इस भिखारिन के साथ वे इतना समय क्यों रहीं तो दर्द भरी आवाज में उन्होंनें उत्तर दिया, "मेरे बच्चो, उसके लिये ऐसी बातें मत करो, वह मेरे एक अत्यन्त प्यारे बेटे की विधवा है।" बाद में गाँववालों से सहजयोगियों को पता चला कि उस महिला का मृत पति देवी का भक्त था।

एक अन्य समय वे एक और सन्त के पास गईं और उसकी गुफा की नंगी जमीन पर बैठ गईं। सेवकों ने जब इस पर एतराज किया तो मुस्कुराते हुए उन्होंने पूछा, "मैं पृथ्वी पर क्यों नहीं बैठ सकती, मैं यहाँ एक राजा के महल में हूँ।"

11

जन्मजात वास्तुकार

बिना भवन निर्माण कला का अध्ययन किये श्री माताजी महान् वास्तुकार हैं। उन्होंने स्वयं विश्वभर में फैले सहजयोग के बहुत से आश्रमों और दो उत्कृष्टतम स्मारकों की योजना बनाई है।

दिल्ली आश्रम

पुणे स्थित उनका घर जिसे प्रतिष्ठान कहते हैं वास्तुकला का एक स्वप्न है। दिल्ली के समीप नौएडा में स्थित उनका दूसरा घर भी चमत्कार है। पारम्परिक प्रांगण लिये हुए बंबई के समीप कोंकण भवन में उन्होंने एक विशाल आश्रम की रूपरेखा बनाई और दिल्ली में एक दूसरे आश्रम की।

और हिमाचली शैली में पहाड़ी किले की तरह धर्मशाला स्कूल (ऊपर)

चैतन्य लहरियों के सहज प्रवाह के लिये उन्होंने भवनों की रूपरेखाओं को नई दिशा प्रदान की। पदार्थों में भी चैतन्य लहरियाँ होती हैं। भवन की रूपरेखा चैतन्य लहरियों को बढ़ाने में तथा भवन में निवास करने वाले लोगों के लिये शान्ति और आनन्द के लिये बनाई जानी चाहिये। भवन से वास्तुकार की चैतन्य लहरियों को जाना जा सकता है।

एक बार कोई शिष्य उन्हें भारतीय महलों पर लिखी एक पुस्तक दिखा रहा था तो उन्होंने उसे कहा कि हर महल की चैतन्य लहरियों को महसूस करो। जब उसने बड़ौदा के एक पुराने किले की लहरियों को महसूस किया तो अचानक लहरियाँ शीतल हो गईं। तब उन्होंने बताया कि चैतन्य लहरियाँ इसलिये शीतल हो गईं हैं क्योंकि इस भवन का वास्तुकार साक्षात्कारी व्यक्ति था।

सन्तुलन एवं अनुपात महत्त्वपूर्ण हैं। भवन की कल्पना वे इस प्रकार करती

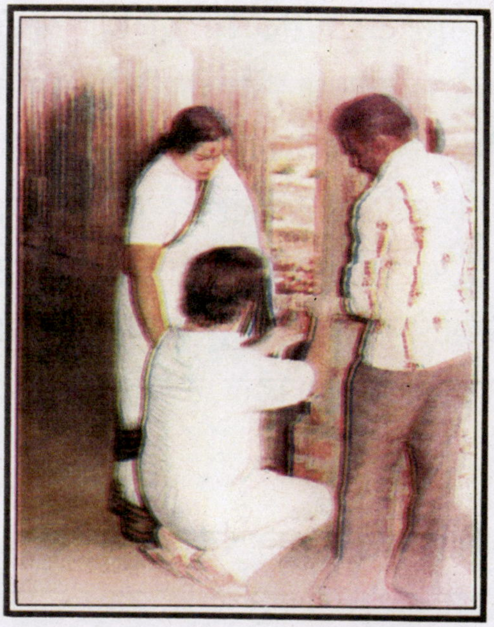

हैं मानो पूर्ण अनुपात में बच्चे को साँचे में ढाल रही हों। उनके लिये यह जीवन्त क्रिया है। आधार पर खम्बा चोटी की अपेक्षा बड़ा होना चाहिये। प्रवेश विस्तृत एवं शानदार होना चाहिये। शयन कक्ष का दरवाजा, शौच स्थान की सीट की गोपनीयता को भंग न करे। उनका औचित्य विवेक एवं मर्यादा उनकी हर व्यवस्था से छलकते हैं। खुले स्थान, ऊँची छतें, घर को ठंडा रखने के लिये चारों तरफ बने बरामदे, भारत की कड़ी धूप को निष्क्रिय करने के लिये जालीदार खिड़कियों को भवन में समेटकर उनका व्यवहारिक ज्ञान जलवायु सम्बन्धी कठिनाईयों का अभिनन्दन करता है। शयन कक्षों की खिड़कियों को दक्षिण की ओर वायु की दिशा में रखकर वे आर-पार वायु संचार की प्राकृतिक शीतलीकरण विधियों का सहारा लेती हैं।

उनका अन्तर्जात मितव्ययिता का गुण किसी भी तीक्ष्णतम अर्थशास्त्री को मात दे सकता है। व्यक्तिगत रूप से वे स्त्रोत तक जाती हैं और छोटे से छोटे लेन-देन करती हैं। यदि लकड़ी खरीदनी है तो जंगल से खरीदी जानी चाहिये। कहानी इस प्रकार है कि जब उन्होंने अपना लखनऊ वाला घर बनाया तो वह इतना विशालकाय था कि अधिकारी वर्ग सन्देह की दृष्टि से देखने लगा, ‘‘अपने पति की सीमित आय से बारह शयन कक्षों वाला भव्य भवन वे किस प्रकार बना सकती हैं?’’

बाद में पता चला कि उन्होंने भट्टे की पूरी ईंटें खरीद लीं थीं और बची हुई सारी ईंटों को अत्यधिक लाभ पर बेच दिया था। रेत के लिये उन्होंने नदी के तट को पट्टे पर ले लिया और अधिशेष रेत को काफी लाभ पर बेच दिया। लगभग सौ दरवाजे बनवा लेने के पश्चात् बची हुई लकड़ी को उन्होंने बेच दिया और उससे पूरे भवन पर लगी लकड़ी की कीमत प्राप्त हो गई। परछाईं की तरह सौभाग्य उनके पीछे चलता है, शून्य से वे बाहुल्य की सृष्टि करती हैं। जिस दहलीज पर उनका पाँव पड़ता है वह धन्य हो जाती है।

लखनऊ के घर पर कार्यरत पचास मजदूरों के लिये एक दिन उन्होंने खाना बनाने का निश्चय किया। लेकिन हुआ ऐसे कि वे मजदूर अपने साथ अपने संबंधियों को भी ले आए। कुल मिलाकर दो सौ व्यक्तियों को खाना खिलाया गया फिर भी बहुत सा खाना बचा हुआ था। सीमित भंडार से खिला देने जैसे उनके चमत्कार प्रायः होते रहते हैं। काफी समय बाद सहजयोगी समझ पाये कि देवी अन्नपूर्णा के रूप में श्री माताजी की आराधना करने पर उनका खाना आशीर्वादित हो जाता है तथा कभी कम नही पड़ता।

लखनऊ के घर की रूपरेखा उन्होंने पोत की तरह बनाई, सम्भवतः अपने पति को पोत परिवहन विश्व में अभ्यस्त करने के लिये यह उनका पहला उद्यम था जिसे उन्होंने अकेले किया। उनके पति नगर दण्डाधिकारी (मैजिस्ट्रेट) होने के कारण अत्यन्त व्यस्त थे। रिक्शों और टाँगों पर इधर-उधर जाकर भी वे प्रसन्न थीं। सन् 1950 के बाद प्रारम्भिक वर्षों में देश अभावों का सामना कर रहा था। विभाजन के पश्चात् भारत का ढ़ाँचा अभी तक बनने की प्रक्रिया में था। गृह निर्माण कार्य सीमेन्ट के विकट अभाव के कारण समस्या में फँस गया। सीमेन्ट प्राप्त करने के लिये उनके पति

ने अपने प्रभाव को उपयोग करने की आज्ञा उन्हें न दी। परन्तु वे साधारण व्यक्ति की तरह विपत्तियों का सामना करके भी संतुष्ट थीं। निराला नगर स्थित लखनऊ का घर बाद में उनकी बेटियों को भेंट कर दिया गया, जिन्होंने तदनंतर उसे बेच दिया।

यद्यपि पारम्परिक राजपूत वास्तुकला उन्हें पसन्द है फिर भी वे भिन्न शैलियों का सम्मिश्रण करती हैं। वे स्वयं अत्यन्त सृजनात्मक एवं मौलिक हैं। उन्होंने विश्व को इतना देखा है कि उनकी शैली में प्राचुर्य स्वत: ही बहता है और अथाह भव्यता में प्रस्फुटित होता है।

उदाहरणार्थ प्रतिष्ठान का अग्रभाग पारम्परिक राजस्थानी पत्थरों के महराबों और जालियों से बना है, परन्तु इसका पृष्ठभाग स्पेन या पुर्तगाल की शैली में हो सकता है।

भवन की दो अन्य दिशाओं में भी शानदार अग्रभाग बने हुए हैं, और कोई व्यक्ति यह नही बता सकता कि पिछवाड़ा कौन सा है।

अपने मौलिक विचारों को साकार रूप में परिणित करने के लिये उन्होंने धैर्यपूर्वक दो वर्षों तक शिल्पकारों को शिक्षा दी।

सौ से भी अधिक कुशल एवं अकुशल शिल्पकारों के साथ उन्हें कभी ऊँची आवाज़ में बोलते हुए या नाराज़ होते हुए नहीं देखा गया।

इतना प्रेमपूर्वक संशोधन किया जाता है कि वह संशोधनसा प्रतीत नहीं होता। सभी उन्हें प्रसन्न करने के लिये उत्सुक थे। ऐसा लगता था मानों वे कोई प्रीतिभोज बना रहीं हों जिसका आनन्द सभी ले रहे थे।

पूर्णता प्राप्त करने के लिये सदा उत्साहित करते हुए वे मजदूरों और सहयोगियों को मिलकर कला सिखाने की आज्ञा प्रदान करतीं थीं। दस्तकारों से उनके सम्बन्ध मालिक और नौकर जैसे कभी न होकर माँ-बच्चों जैसे थे-उनकी कठिनाईयों को कम करते हुए, उनकी बीमारियों को ठीक करते हुए, उनके बच्चों के लिये कपड़े लाते हुए, शिल्पकारों के कार्य की प्रशंसा करते हुए और उन्हें उपहारों द्वारा प्रोत्साहित करते हुए वे उन्हें अत्यन्त सम्मान प्रदान करतीं।

शिल्पकार भी उन्हें हृदय से प्रेम करते और साप्ताहिक अवकाश के दिन उनके सम्मान में गीतों की रचना करते। अपने उदाहरण द्वारा उन्होंने दर्शाया

कि किस प्रकार हितैच्छ मालिक-नौकर संबंधों की आधारशिला बन सकती है। उद्यमी अपने कामगारों के लिये सुरक्षा की छत्रछाया प्रदान करता हुआ पिता समान हो सकता है। बम्बई के उद्योगपति राजेश शाह उनकी सलाह पर ध्यान देकर अपने स्टील उद्योग को एक निर्मम मजदूर संघ के शिकंजे से बचा सके।

कुछ नव परिवर्तन करके ही वे स्वतः नई तकनीक विकसित कर लेती हैं। उन्होंने एक नई जुगत का आविष्कार किया जो पत्थर सम प्रतीत होती है। लकड़ी या पलस्तर पर उपयोग किये जाने पर यह पत्थर सी लगती है। वे बताती हैं कि कला अत्यन्त आरामदेय हो सकती है। निरभ्र कलाकृति विचारों को नहीं उमड़ाती। निर्विचारिता में व्यक्ति शान्त हो जाता है और शान्त अवस्था में आन्तरिक उन्नति एवं स्वतः ध्यान धारण होता है। कन्फ्युशियस और लाओस्ते द्वारा प्रेरित चीनी कला को उन्होंने अत्यन्त गहनता प्रदायक अनुभव पाया।

प्राकृतिक पदार्थों से उन्हें प्रेम है, संगमरमर चैतन्य लहरियों के लिये सर्वोत्तम है। संगमरमर छाँटने के लिये वे स्वयं मकराना संगमरमर खदानों में गईं, यद्यपि इसके लिये उन्हें राजस्थान की ऊबड़-खाबड़ सड़कों पर अट्ठारह घंटे कार में सफर करना पड़ा। अपनी देखरेख में उन्होंने संगमरमर के फर्श बनवाते हुए संगमरमर की पट्टियों में सभी शिराओं को मिलवाकर कलाकृति का सृजन किया। ऐसे क्षणों में व्यक्ति देख सकता है कि किस प्रकार देवी प्रकृति को सौंदर्य प्रदान करती हैं। वे विविधता पसन्द करती हैं न केवल

भारत में बल्कि पूरे विश्व से प्राप्त होने वाली सामग्रियों जैसे-पत्थरों, स्लेटों, रंगों, शैलियों एवं उपसाधनों का प्रयोग करती हैं। प्रतिष्ठान के निर्माण के समय पाँच वास्तुकार उनकी देखरेख में कार्यरत थे, परन्तु वे उनकी अथक शक्ति का मुकाबला न कर सके।

प्रतिष्ठान की भूमि ऊँची-नीची होने के कारण वास्तुकारों ने भवन निर्माण के आधार को शून्य स्तर पर लाने की योजना बनाई। ऐसा करने में श्री माताजी ने अपनी दूरदर्शिता से अविलम्ब साधनों की अपव्ययिता को देख लिया और भवन को अधिक मनमोहक बनाने के लिये भूमि के भिन्न स्तरों का लाभ उठाते हुए रातों-रात सारी योजना को परिवर्तित कर दिया।

अलाभ का लाभ उठाना, उन्होंने वास्तुकारों को सिखाया। हर कठिनाई के लिये यही मार्गदर्शन बना। अन्ततः वास्तुकारों ने उन्हें परम वास्तुकार मानकर उनके सम्मुख समर्पण कर दिया तथा स्वीकार किया कि उनका वास्तविक प्रशिक्षण उन्हीं के संरक्षण में आरम्भ हुआ। उसके दस वर्ष पश्चात् वे वास्तुकार सुप्रसिद्ध एवं वैभवशाली हो गये हैं तथा अपनी सफलता का श्रेय उनके आशीर्वाद को वे देते हैं।

यद्यपि उनका मस्तिष्क नए विचारों के लिये सदा खुला होता है फिर भी अपने मूल्यों के साथ वे समझौता नहीं करतीं।

उनकी अनुपस्थिति में वास्तुकारों ने सुरंग की तरह संकीर्ण मुख्य सीढ़ी बनाई थी जो कि भवन के लिये अत्यन्त अशोभनीय थी। विदेश से वापिस आने पर उन्होंने इस सीढ़ी को तुड़वाने का आदेश दिया, यद्यपि इससे वास्तुकारों को अत्यन्त निराशा हुई।

तब उन्होंने गुलाबी संगमरमर से शानदार सीढ़ियाँ बनवाईं, जोकि आज प्रतिष्ठान का गौरव हैं।

उनका मस्तिष्क इतना उपजाऊ एवं सृजनात्मक है कि यह सदा समय से आगे रहता है और इसके साथ चल पाना असंभव है। इसकी गति प्रकाश से भी तेज है। उनका चित्त पराबैंगनी किरणों की तरह से भेदन करता है। यदि किसी चीज पर क्षण भर के लिये भी उनका चित्त पड़ जाए तो वह इसे पूर्णतया आत्मसात कर लेता है। पुणे से श्रीरामपुर की यात्रा करते हुए एक पहाड़ी पर उनकी उड़ती-उड़ती दृष्टि सफेद रंग के पक्के पत्थरों पर पड़ी। पुणे वापिस आने पर उन्होंने प्रतिष्ठान के बाहरी मार्ग को अलंकृत करने के लिये इन पत्थरों की मालगाड़ी भर लाने के लिये कह दिया।

उनके भवन में सभी अलंकारिक कलाएं उल्लास के आरोह तक उदीयमान होती हैं, वे समझाती हैं कि उल्लासावस्था में आत्मा आनन्द की अभिव्यक्ति करती है। अत्यधिक व्यस्त होने के कारण पश्चिमी मस्तिष्क आशक्त हो जाता है, अतः वह उल्लासित नहीं हो पाता। इसी कारण इसे सफेद तथा धुंधले रंगों की खाली दीवारें पसन्द आती हैं।

विश्व यात्रियों में सम्भवतः उनका नाम सबसे ऊपर है। उन्होंने बहुत कुछ देखा है। सृजनात्मकता की उनकी अगम्य शक्ति के साथ मिलकर यह अनुभव एक अद्वितीय वास्तुकला शैली को जन्म देता है। उनके लिये वास्तुकला ब्रह्माण्ड को असंख्य रंगों और आकारों के वस्त्र पहनाने जैसा है। यह उनकी मुखाकृति सम है जोकि उनके प्रेम, सुहृदयता, आनन्द, कान्ति, आधिपत्य, गरिमा, कोमलता, अश्रु, चिन्ता, मातृत्व,

संकोचशीलता, विजयोल्लास, हँसी और सामान्य विनोदशीलता की गहन भावनाओं को प्रतिबिम्बित करने वाला शीशा है। अपने अनुयायियों के हित के लिये यदि आवश्यक हो तो वे भयंकर क्रोध का प्रदर्शन भी कर सकती हैं। उनकी मनोदशा भी प्रकृति की तरह से परिवर्तित होती रहती है–हिमाच्छादित शान्त हिमालय की चोटियों से वेगशील गंगा के पानी के बहाव की तरह, जोकि विश्व को पवित्र करके उसे कष्टों से छुटकारा दिलाती है और शक्तिशाली सागर के गर्भ में भी शान्ति एवं राहत प्रदान करती हैं। वे शाश्वत साक्षी हैं, अपनी लीला की साक्षी–कला, वास्तुकला और अलंकरण उस लीला के आनन्द हैं।

किसी चीज को उभारने के लिये उसमें कोई रंग जोड़ देना, किसी चीज को छुपाने के लिये रंग हल्का कर देना, गतिशीलता प्रदान करने के लिये उसे कुछ वक्र बना देना और

संतुलन और समानुपात लाने के लिये एक रेखा खींच देना। उनकी सृजनात्मकता सर्वश्रेष्ठ गुणों को उभारती है और फिर उन गुणों को रत्नों के समान जड़ देती है। श्रेष्ठता की चमक नकारात्मकता के सारे काँटे दूर कर देती है। निस्संदेह परमात्मा ने जब मानव को अपने रूप में बनाया तो उस रूप का अलंकरण आवश्यक है–यह उनका (श्री माताजी का) कार्य है और इसमें वे हमारी आशाओं से कहीं अधिक सफल हुईं हैं।

जटिल नक्काशी, मूर्तियों, भित्ति चित्रों, छजलियों, जालियों, भित्तियों, रंगीन शीशे से बने फव्वारों और वाटिका से सुसज्जित प्रतिष्ठान कलात्मक स्वर्ग है। यह भिन्न शैलियों का सम्मिश्रण है जो पश्चिमी 'एक-तत्त्ववाद' के सिद्धांत के अनुरूप नहीं है। चित्तवृत्ति अविलम्ब राजसी राजपूत शैली से मानव जातीय या विक्टोरियन शैली से पूर्वदेशीय शैली में परिवर्तित हो जाती है। भवन के कोने में अँधेरे बिल्कुल नहीं हैं। यह उनकी आश्चर्यचकित कर देने वाली लीला है। हर कमरे का एक भव्य दृश्य है–जिधर भी व्यक्ति मुड़ता है, माँ का स्नेह हृदय को पुलकित कर देता है। अपने भवनों में वे ब्रह्माण्ड को एक नया हृदय प्रदान करती हैं।

वे स्वयं अति अनौपचारिक व्यक्ति हैं, कहती हैं कि ''घर अस्पताल जैसा नहीं होना चाहिये।'' किसी भी मामले में उन्हें आडम्बर पसन्द नहीं। उनकी बैठक में उनके नातियों एवं आगुन्तकों को परशियन कालीनों तथा पुरातन फर्नीचर का आनन्द दिया जाता है। कोई मेहमान यदि किसी पुरातन फूलदान या नक्काशीकृत हाथीदाँत की किसी वस्तु की सराहना कर दे तो वे वह वस्तु उसे भेंट करने का भरसक प्रयत्न करती हैं। उनके शिष्य उनकी इस अथाह उदारता से भलीभाँति परिचित हैं और ध्यान रखते हैं कि किसी चीज़ की मुक्त हस्तता से सराहना न कर दें ताकि कहीं वे वह वस्तु उन्हें उपहार में न दे दें। यद्यपि वे सौन्दर्य का आनन्द लेती हैं फिर भी भौतिक पदार्थों से लिप्त नहीं हैं। अपने प्यार को बाँटना उनके लिये महत्त्वपूर्ण है। सहज में ही वे एक रत्नजड़ित आभूषण लेकर उसे किसी को दे डालती हैं। एक बार गणपति पुले में सहजयोग विवाहोत्सव के अवसर पर विवाह के लिये अन्तिम समय पर एक लड़की पहुँची जिसके पास गहने न थे।

योगियों के लिए खाना बनाना उन्हें अच्छा लगता है।

श्री माताजी ने अपनी सोने की चूड़ियाँ उतारकर उसे पहना दीं। जब वह लड़की चूड़ियाँ लौटाने के लिये वापिस आई तब तक श्री माताजी वह सब भूल चुकीं थीं और चूड़ियां लेने से इन्कार कर दिया। उनका दायाँ हाथ जो देता है उसका पता बाँयें हाथ को नहीं लगता। एक दिन वे हिसाब लगाने के लिये बैठीं कि प्रतिष्ठान पर कितना खर्च हुआ है। पता लगा कि कुल खर्च का एक चौथाई उपहारों के रूप में खर्चा गया है जो उन्होंने वहाँ कार्य करने वालों को दिये थे-दस्तकारों को घड़ियाँ, राजमिस्त्रियों को टेपरिकॉर्डर, वास्तुकारों को वाहन आदि-आदि।

यद्यपि उपहार देने में वे अत्यन्त उदार हैं, किन्तु कोई भी उपहार वे अत्यन्त कठिनाईपूर्वक स्वीकार करती हैं। उनके पास कला एवं कलाकृतियों का सुन्दरतम संग्रह है। फिर भी छोटे से छोटे उपहार का भी वे पूर्ण सम्मान करती हैं और हृदय से उसकी प्रशंसा करती हैं। उपहार देने वाले अनुयायी के प्रेम को पूर्ण सम्मान देते हुए हर चीज़ को सावधानीपूर्वक रखवाती हैं। उन्हें दिये गए उपहारों को वे कभी भूलती नहीं। किसी अतिथि को कोई चीज़ जब वे दिखाती हैं तो साथ ही कहती हैं कि ''फलाँ व्यक्ति ने मुझे यह वस्तु बीस वर्ष पूर्व भेंट की थी।''

वर्ष 1995 में जब वे थाईलैंड पहुँची तो वहां का राजा गम्भीर रूप से बीमार था। थाई योगियों ने श्री माताजी से प्रार्थना की। ज्योंही श्री माताजी ने अपनी चैतन्य लहरियाँ राजा को भेजीं तो वह ठीक होने लगा। अगले दिन तक वह ठीक हो गया और श्री माताजी को उनके जन्मदिवस पर मुबारकबाद देने के लिये पैदल चल कर आया।

अपनी सुख-सुविधा का वे कभी ध्यान नहीं रखतीं। पुणे के छोटे-छोटे फ्लैटों से चलकर वे निर्माण कार्य का निरीक्षण करने के लिये पूरा दिन निर्माण स्थल पर ही रुक जातीं, डिब्बे में बंद दोपहर का भोजन खाकर उत्तेजक गतिविधियों के बीच

एक चारपाई पर थोड़ा सा आराम करतीं। कभी–कभी ते वे अपने शरीर की सुध–बुध भूल जाती और खाना खाने की याद उन्हें नहीं रहती। वह स्वयं क्या खाती हैं इसकी उन्हें चिन्ता नहीं होती। परन्तु किसी अतिथि को यदि आमंत्रित किया जाए तो वे राजभोग बनाती हैं। योगियों के लिये खाना बनाना उन्हें अच्छा लगता है। उन्होंने पाक विधियों पर स्वयं एक पुस्तक लिखी है। उनके दामाद प्रेमपूर्वक किस्से सुनाते हैं कि किस प्रकार उनकी सासजी ने मुर्ग बिरयानी या कीमा मीट पकाया। उनके पति को उनके द्वारा बनाई गईं मिठाईयाँ बहुत पसंद हैं। वे कहती हैं कि यदि आपको किसी से प्रेम है तो आप उसकी पसंद को जान लेते हैं और वह भोज बनाने में आपको आनन्द आता है। इस प्रकार अथक वे अपने बच्चों के लिये घर बनाने का आनन्द लेती हैं। उन्हें नहीं लगता कि वे कुछ कर रही हैं। थोड़े से दिनों में ऑस्ट्रेलिया या विश्व के किसी अन्य कोने की चक्रवात यात्रा करके शक्ति से परिपूर्ण वे लौटती हैं। मुस्कान बिखेरते हुए वे कहती हैं, "लोग कहते हैं कि मैं बहुत अधिक यात्रा करती हूँ, परन्तु मैं तो वहाँ भी बैठी ही रहती हूँ, मैं नहीं सोचती कि मैं यात्रा करती हूँ। मैं वहाँ भी वैसे ही बैठी रहती हूँ जैसे यहाँ। मैं कहीं भी बैठ सकती हूँ–बिना सोचे.....और निर्विचार समाधि में मग्न रह सकती हूँ।" अड़सठ वर्ष की आयु में इन सारी यात्राओं और बम्बई आने–जाने की दौड़-धूप के बीच उन्होंने पुणे में 20,000 वर्ग फुट का एक महल बनाया।

एक मराठा गाथागीत में प्रतिष्ठान के प्राचीन स्थल का मनोरंजन वर्णन निम्नलिखित शब्दों में किया गया है:–

"प्रतिष्ठान नगर महाराष्ट्र की गरिमा का रत्नजड़ित ताज है, सुखदायी महल और चैत्य (CHAITYA) देखने में बहुत अच्छे लगते हैं। इसमें जनता के लिये अड़सठ पावन स्थान हैं, इसकी चार दीवारी के अन्दर पचास शूरवीरों ने जन्म लिया। यह शूरवीरों का नगर कहलाता था।"

यह वर्णन पूर्णतया नये प्रतिष्ठान पर लागू होता है जिसकी नींवों से दिव्य आत्मा का नया विश्व उठ खड़ा होगा।

12

कानूनी लड़ाई

सन् 1986 में श्री माताजी ने भारत वापिस आने का निर्णय किया और उनके पति भी अन्तर्राष्ट्रीय समुद्रवर्ती संस्था से जल्दी से जल्दी अवकाश प्राप्त करना चाहते थे। श्री माताजी ने अपने शिष्य श्री आर.डी. मगदूम, जोकि सिविल इंजीनियर है, को खेती के लिये भूमि लेने के लिये निम्न पत्र लिखा:

श्रीमती निर्मला देवी
48, ब्राम्प्टन स्क्वेयर,
लन्दन
5, अप्रैल, 1986

प्रिय श्री मगदूम,

यह आपके उस पत्र के संदर्भ में है जिसमें आपने लिखा कि आधा एकड़ से अधिक पथरीली और बेकार भूमि खेती के लिये उपलब्ध है। इसमें कोई अन्तर नहीं पड़ता क्योंकि मैं इससे जुड़ी सात एकड़ भूमि खरीदने वाली

हूँ। इस प्रकार हमारे पास कुल मिलाकर ग्यारह एकड़ भूमि कृषि के लिये हो जाएगी। आपके द्वारा लिखी हुई निम्नलिखित बातों की मैंने पुनः पुष्टि की है:–

1. फार्म हाउस के लिये कलैक्टर की आज्ञा लेना आवश्यक नहीं है (श्री मल्होत्रा को लिखे गए कलैक्टर के पत्र की प्रति मेरे पास है)।

2. फार्म हाउस की कोई विशेष लम्बाई, चौड़ाई नहीं होती। श्री धुमाल ने कलैक्टर कार्यालय को एक पंजीकृत पत्र भेजा है, परन्तु दो माह पश्चात् भी उसका कोई उत्तर नहीं आया है।

3. ग्राम पंचायत ने आज्ञा दे दी है (ग्राम पंचायत ने यह भी पुष्टि की है कि आज्ञा प्रदान करने का अधिकार केवल उन्हें है)।

4. यह क्षेत्र हरित पट्टी है और इसका उपयोग केवल कृषि के लिये ही किया जाना है।

फार्म हाउस का उपयोग हम अपने लिये और कृषि गोदाम के लिये उपयोग कर सकते हैं। इस सम्बन्ध में योजना विभाग की आज्ञा हमें मिल गई है।

अब क्योंकि मेरे पति शीघ्र ही अवकाश प्राप्त करने वाले हैं, मैं अपने और अपनी पुत्रियों के परिवारों की आवश्यकताओं के अनुसार इस घर की योजना बनाना चाहती हूँ। मेरी दोनों बेटियाँ जमींदार (शेतकारी) परिवारों में विवाहित हैं। विशेषतया मेरा छोटा दामाद जोकि स्वर्गीय राष्ट्रपति राजेन्द्र प्रसाद का नाती है, बिहार के विख्यात किसान परिवार से संबंधित है और स्वयं भी किसान है। दोनों दामाद हमारे साथ रहेंगे और खेती करेंगे। हमारे फार्म हाउस से कुछ मील दूर पॉड के समीप स्थित फार्म हाउस का सौदा

भी मैं कर रही हूँ। इस फार्म हाउस से हमारी सारी कृषि गतिविधियाँ संचालित होंगीं। अतः आरम्भ में ही मेरे दामाद द्वारा दिये गए निम्नलिखित सुझावों को कृपया हमारी योजना में सम्मिलित कर लें:–

1. ट्रैक्टर आदि विशाल उपकरणों के लिये पाँच विशाल गरॉज।

2. 11' × 22' विस्तार के कम से कम छह गोदाम।

3. कम से कम 44' × 22' लम्बाई–चौड़ाई के गायों के बाड़े।

4. कपड़े धोने और सुखाने के लिये विशाल सहन और बरामदे।

लखनऊ में हमारे पास एक विशाल घर है, परंतु इसे सरकार (भारतीय तेल कम्पनी) ने हथियाया हुआ है। यद्यपि वे बहुत कम किराया देते हैं और हमारे बीच समझौता भी बहुत समय पूर्व समाप्त हो चुका है, फिर भी वे इसे खाली करने के लिये तैयार नहीं हैं (मेरे पति की सरकार समर्थन करने की नीतियों के लिये धन्यवाद)। हम कोई फ्लैट नहीं खरीद सकते, क्योंकि मेरे पति के पास काला धन नहीं है।

अतः अब हमें पुणे के फार्म हाउस में ही बसना होगा। जो भी धन हमारे पास है उसे हम कृषि भूमि, फार्म हाउस और आधुनिक उपकरण खरीदने पर खर्च करेंगे।

आपने हमारा लंदन का घर देखा है और हमारी जीवन शैली से भी आप परिचित हैं। यद्यपि मैं स्वयं 'शेतकारी' (किसान) और साधुबाबा हूँ तथा एक झोपड़ी में भी रह सकती हूँ, फिर भी मेरा परिवार सुख चैन से होना चाहिए। चालीस साल भारत सरकार की सेवा करने के बाद अवकाश ग्रहण

करके मेरे पति को एक आरामदेय स्थान मिलना चाहिये। आप जान लें कि हम कभी छोटे घर में नहीं रहे। अब शहर में रहना हमें अच्छा नहीं लगेगा। अतः इस वृद्धावस्था में खेतों में बाहर रहना हमारे लिये ठीक रहेगा। कृपया ध्यान दें कि यद्यपि फार्म हाउस पर कोई बंधन नहीं है, फिर भी पथरीले क्षेत्र से परे न जाएँ क्योंकि फार्म हाउस में रहकर कृषि ही हमारा मुख्य उद्देश्य है। कृपया दस व्यक्तियों के लिये विशाल शयन कक्षों की योजना बनायें; मेरे पति और मैं, दो पुत्रियाँ, दो दामाद, चार नाती-नातिने और बैठने और भोजन के लिये एक विशाल सामूहिक हॉल और घर के अन्दर खेलने के लिये बच्चों के लिये एक विशाल कक्ष और अतिथियों के लिये भी कम से कम दो विशाल कमरे होने चाहियें। मेरे पति के सभी अतिथि उच्च अन्तर्राष्ट्रीय अधिकारी हैं, अतः हमें शर्मिन्दगी न उठानी पड़े।

घर का अग्रभाग भारतीय कला में होना चाहिये और इसका अन्दरूनी भाग राजपूत शैली में जैसा कि आप जानते हैं हम 'शालिवाहनों' के वंशज हैं जिन्होंने पैथन (प्रतिष्ठान) पर हजारों वर्षों तक राज्य किया। वे राजपूत राजा थे जो राजस्थान से आये थे।

बाहर से लोगों के सम्मुख हम अपने 'शेतकारी' (कृषक) का बहुत ही घटिया रूप दर्शाते हैं। परन्तु आज तक जो भी फार्म हाउस मैंने देखे हैं वे सभी वहुत विशाल थे, उदाहरणार्थ खेराबाद में मेरे ससुर का, मेरे दामादों के फार्म हाउस, वीर में श्री धुमाल का फार्म हाउस, इचल करंजी के समीप राजा पटियाला का फार्म हाउस, डाँडेली में ऊषा पटेल का फार्म हाउस, धूले जिले में रोला बाई का फार्म हाउस, पठानकोट और धर्मशाला में योगी महाजन के फार्म हाउस-सभी एक-दूसरे से बड़े हैं। आप किसी एक को

देखें। उनमें से अधिकतर चार-पाँच मंजिलें हैं। निस्संदेह आप उन्हें आदर्श न बना लें परन्तु उनकी क्षमता जानने के लिये यदि आप उन्हें देखें तो बेहतर होगा। मैं आपको कोई विशिष्ट विचार नहीं दे सकती। फिर भी जितना आप उचित समझें घर उतना ही बड़ा होना चाहिये।

हमारा फार्म हाउस चट्टान के किनारे पर बनना चाहिये और आपके पत्र के अनुसार यह पथरीला क्षेत्र है, इस पर अधिक धन खर्च होगा परन्तु इससे दो लाभ होंगें। पहला कृषि योग्य अच्छी भूमि की बचत होगी और दूसरा हम घाटी में होते हुए कृषि कार्य को देख सकेंगे (मैं यह भूमि अवश्य खरीद रही हूँ)।

आगे जितनी मंजिलें आप उचित समझें बनाये क्योंकि कोई परिभाषा नहीं है, मेरे विचार से दो मंजिलें काफी होंगीं।

आप कहते हैं कि बिना किसी बंधन के फार्म हाउस बनाना पूर्णतया वैधानिक है, फिर भी मैं आप से प्रार्थना करूँगी कि पथरीले क्षेत्र का ही उपयोग करें। पथरीला क्षेत्र यदि आपकी आवश्यकता से अधिक हो तो हम आँगन का विस्तार कर सकते हैं और यदि पथरीला क्षेत्र अपर्याप्त हो तो आप एक मंजिल अधिक बना सकते हैं। कृपया अग्रभाग को कलात्मक बनायें, क्योंकि मैं भीतरी और बाह्य भाग पर अधिक धन खर्चना पसंद करूँगी। पुणे में भद्दे फ्लैट और भारी साज-सज्जा की भरमार है। फार्म हाउस की इमारत में एक नये आयाम की सृष्टि करने के लिये जयपुर से कुछ जालीदार काम लाना मुझे अच्छा लगेगा। अतः कम से कम कुछ लोग तो सुन्दर घर बनाने पर धन खर्च करेंगे। शहरी धन बर्बाद करने वाले लोगों के साथ क्लबों में जाकर मदिरापान और नाचने में धन उजाड़ने की अपेक्षा

मेरे 'शेतकारी' मित्रों को महाराष्ट्र को सुन्दर बनाने के लिये धन खर्च करने में गरिमा का आभास भी होना चाहिये ताकि वे (आने वाली पीढ़ियों के लिये) विरासत में आधुनिक मिथ्या संस्कृति के अतिरिक्त भी कुछ छोड़ सकें। यदि हमारे फार्म हाउस रूचिकर हों तो युवालोग गरिमामय 'शेतकारियों' के बच्चे बनने की अपेक्षा न तो शहरों की ओर दौड़ें और न ही जाकर क्लर्क बनें।

निस्संदेह इस प्रकार का फार्म हाउस महँगा होगा। परन्तु बंबई के भयंकर फ्लैट से कहीं क़म महँगा। मुझे आशा है कि दूर-दराज के गाँव में पाई जाने वाली हस्तकला की वस्तु से हर फार्म हाउस भिन्न प्रकार से सजाया जा सकता है। ग्रामीण लोगों, जिनके सम्मुख कोई आशा की किरण नहीं है, उनके लिये यह मेरा स्वप्न है। मेरे पिता जोकि संविधान सभा के सदस्य थे, का स्वप्न था कि सर्वप्रथम गाँवों का विकास हो, हर शेतकारी के लिये फार्म हाउस के रूप में एक 'बाड़ा' हो जोकि इतना सुसज्जित और रूचिकर हो कि बच्चे शहरों की ओर न दौड़ें और अपने पिता की तरह शेतकारी बनें। मुझे आशा है कि एक दिन ऐसा ही होगा। चीन में यह घटित हो चुका है। वहाँ जाकर मैंने देखा कि किस प्रकार चीनी लोगों ने अपने गाँवों का सुधार करने के लिये गाँधीजी के तरीकों को अपनाया है।

मुझे आशा है कि मेरे इस लम्बे पत्र का आप बुरा नहीं मानेंगे। मुझे खेद है कि टेलीफोन पर मैं आपसे इतने विस्तृत रूप से बातचीत नहीं कर सकती थी। और मुझे यह सब स्पष्ट रूप में समझाना था क्योंकि फार्म हाउस के बारे में कोई लिखित ब्यौरा उपलब्ध नहीं है। आप जानते हैं कि बहुत से अन्य लोगों की अपेक्षा सम्पत्ति के विषय में मेरा दृष्टिकोण बिल्कुल भिन्न है। हम अत्यन्त आधुनिक घर भी बना सकते थे जिसमें बहुत अधिक

सुख सुविधाएं होतीं, परन्तु मैं सदा यही सोचती हूँ कि इस प्रकार के घरों में भावनाएं नहीं होतीं। वे हमारी कलात्मक और गरिमामय महान संस्कृति का प्रतिनिधित्व नहीं करते। मैंने श्री पाटनकर से कहा है कि वे राजपूत कला का अध्ययन करें और उनकी महराबों और जाली के काम के नक्शे मेरे लिये मंगवा दें। मुझे आशा है कि आपको इस विषय पर कुछ पुस्तकें मिल जाएँगी। जो भी धन इस घर पर खर्च हो, मैं इसे लंदन के सांसारिक उबाऊ मकान बनाने की अपेक्षा इसमें भारतीय घर की भावनाओं की सृष्टि करना चाहती हूँ। मुझे आशा है कि विशेषतया इन पक्षों पर मेरे दृष्टिकोण को आप समझते हैं।

आपको और आपके परिवार को अत्यन्त आशीर्वाद देते हुए,

आपकी स्नेहमयी

(हस्ताक्षर)

माताजी निर्मला देवी

5 नवंबर 1986 को विनायक चतुर्थी के दिन इमारत का ढाँचा बनकर तैयार हुआ और श्री माताजी ने अपने पूर्वज शालीवाहन राजाओं (आधुनिक पैथन) की राजधानी कें नाम पर इसे 'प्रतिष्ठान' नाम दिया।

इसी दौरान कुछ राजनीतिज्ञों के साथ मिलकर पुणे का एक भवन निर्माता इस फार्म हाउस को गिरवाने के लिये षडयन्त्र रच रहा था–क्योंकि ये लोग इस क्षेत्र में किसी प्रकार की कृषि गतिविधि नहीं चाहते थे। पुणे का यह निर्दयी निर्माता और उसके विधि विरोधी साथी इस सुन्दर हरित घाटी को बेतुके भवनों में परिवर्तित करना चाहते थे और इसके लिये उनका बहाना यह था कि यह भूमि कृषि के योग्य नहीं है। महाराष्ट्र में एक अटपटा कानून है कि प्रशासन को एक नियत धन दिये बिना और आज्ञा लिये बिना कृषि योग्य भूमि का उपयोग इमारत बनाने के लिये नहीं किया जा सकता। इसके कारण भ्रष्टाचार बढ़ा, जिसने राजनीतिक गठबन्धनवाले विधि–विरोधियों (माफ़िया) को जन्म दिया, अधिक उपजाऊ बीजों और चैतन्यित पौधों की श्री माताजी की योजना ने कानून के दुश्मनों की योजना को विफल कर दिया।

माफ़िया ने प्रशासन को एक मनगढ़न्त मामला, कि प्रतिष्ठान फार्म हाउस न होकर एक मन्दिर है और यह भूमि कृषि के योग्य नहीं है, बनाने के लिये विवश कर दिया। 25 मार्च 1986 को इमारत को न गिराने के लिये कारण बताओ अधिसूचना श्री माताजी को दी गई। साथ ही साथ श्री माताजी को हर संभव तरीके से बदनाम करने के लिये निन्दात्मक समाचारों को मराठी 'सकाल' समाचार पत्र में छापकर प्रत्यक्ष रूप से आक्रमण किया गया। श्री माताजी के बैंक खातों की जाँच पड़ताल द्वारा तथा यह पूछताछ करके कि उन्होंने मंदिर बनाने के लिये कहीं जनता के धन का दुरूपयोग

तो नही किया, कलैक्टर ने श्री माताजी के साथ अपराधियों जैसा व्यवहार किया। उनके खातों की पड़ताल करने पर उन्होंने पाया कि सारा धन उनके पति के विदेश मुद्रा-खातों से आया था। यहाँ तक कि दान आयुक्त को भी जाँच पड़ताल करने के लिये कहा गया कि कहीं यह धन लाइफ इटरनल ट्रस्ट से तो नहीं निकाला गया।

निर्भीक श्री माताजी न्यायालय में चली गईं जिसने 2 मई, 1987 को भवन गिराने की आज्ञा पर स्थगनादेश दे दिये। 7 मई को भवन को गिराने की आज्ञा प्रतिष्ठान के गेट पर चिपकाने के लिये प्रशासन को विवश करके विधि-विरोधी (माफ़िया) लोगों ने बदला लिया। 18 मई को श्री माताजी के वकील ने भवन को गिराने की आज्ञा के विरूद्ध पुनः स्थगनादेश प्राप्त कर लिये। परन्तु 27 मई को प्रशासन ने रहस्यमय ढंग से स्थगनादेश एकतरफा प्रावधान के अन्तर्गत रद्द करवा लिये। अगले दिन श्री माताजी न्यूजीलैंड से आयीं। उनके पास प्रतिष्ठान को बचाने के लिये केवल एक दिन का समय था। रातों-रात उच्च न्यायालय के लिये याचिका लिखवायी गई। 28 मई को बंबई हाई कोर्ट ने यह कहते हुए स्थगनादेश जारी किया कि ''प्रत्यक्ष अतिरिक्त जिला न्यायाधीश की प्रतिवादी आज्ञा एक पक्ष को सुने बिना उसकी नियति पर आज्ञा देना उसके मान्यता प्राप्त अधिकार का खंडन है...अगली आज्ञा तक इमारत का ध्वंस रोका जाता है।'' 4 नवंबर, 1988 को बंबई हाई कोर्ट ने श्री माताजी के पक्ष में डिग्री दे दी। इस प्रकार अकेले वे न्यायालय में लड़ीं और विरोधी को पराजित किया और इस प्रकार सांसारिक कानून पर अपने स्वामित्व को तथा एक चतुर वकील के अपने कौशल को प्रकट किया। कानूनी कार्यवाही के दौरान उन्होंने कानून पर अपनी तीव्र पकड़ का प्रदर्शन किया। नुक्ते को पकड़कर उसका खंडन

करने की उनकी तेजी ने वकीलों को आश्चर्यचकित कर दिया। न्यायालय में वे मुकद्दमे पर स्वयं बहस करने को तैयार थीं। सबसे अधिक हैरानी की बात तो यह थी कि इससे पूर्व कभी उन्होंने कोई कानूनी दस्तावेज नहीं देखा था, क्योंकि उनके अत्यन्त कार्यकुशल पति इस प्रकार के सभी मामलों को देखते थे। उनके पति के पास कानून के डॉक्टर की दो उपाधियाँ हैं। परन्तु इस मुकद्दमें के समय वे लंदन में बहुत अधिक व्यस्त थे और श्री माताजी उन्हें कष्ट नहीं देना चाहती थीं। **श्री माताजी का बहुआयामी व्यक्तित्व बहुपार्श्वीय हीरे की तरह से है। उनके चित्त का प्रकाश जिस पार्श्व पर पड़ता है वही चमकता है और सारी सूचना दे देता है।**

13

कृषि

''सर्वशक्तिमान परमात्मा ही सारा जीवन्त कार्य करते हैं, आप तो एक बीज भी अंकुरित नहीं कर सकते। अंकुरित करने के लिये बीज को पृथ्वी माँ में डालना पड़ेगा।'' परन्तु श्री माताजी बीजों को अंकुरित कर सकती हैं और मृत्युन्मुख फूलों को पुनर्जीवित कर सकती हैं। वर्ष 1991 में उनकी उड़ान सिडनी बहुत देर से पहुँची और उनका स्वागत करने के लिये प्रतिक्षा करते हुए सैंकड़ों योगियों से पुष्प वे स्वीकार न कर सकीं। अगली प्रातः उन्होंने किसी को फूल लाने के लिये भेजा परन्तु फूल तो मुरझा चुके थे। अपने स्नान की टब में उन्होंने फूलों को डाल दिया और पानी को चैतन्यित किया। शाम तक सारे फूल इस प्रकार ताजे और खिले हुए थे मानों उन्हें अभी तोड़ा गया हो। सभी जीवों के विकास को वे अपने परानुकम्पी नाड़ी-तन्त्र पर महसूस करती हैं..... ''ग्लेंडियोलि फूलों की शक्ति का बहुत अधिक ह्रास हो रहा है, अच्छा होगा कि इनकी कलियों को खोल दो, इन गुलाब के फूलों को धूप की बहुत आवश्यकता है, यह पौधा मर रहा है, इसकी चैतन्य

लहरियों को बढ़ा दो....'' मानव से कहीं अधिक पौधे और पशु उनकी चैतन्य लहरियों के प्रति संवेदनशील हैं, सम्भवत: इसलिये क्योंकि उनमें अहम् नहीं है।

उन्होंने पुणे में एक अनुसंधान फार्म की स्थापना की। चैतन्य लहरियों से सूर्यमुखी एक फुट व्यास से भी बड़ा हो गया और कृषि विभाग की रुचि सहजयोग विधियों में बन गई। महाराष्ट्र सरकार ने उन्हें अमिश्रित बीज पैदा करने के लिये सहजयोग विधियों पर प्रयोग करने को नीरा नरसिंहपुर में भूमि प्रदान की। मिश्रित बीज प्रारम्भ में अधिक उपज तो दे सकते हैं, परन्तु गरीब किसानों के लिये ये अत्यधिक महँगे हैं और इनमें विषाणुओं से मुकाबला करने की शक्ति भी बहुत कम है। इन पर बहुत बड़ी मात्रा में रसायनिक छिड़काव की आवश्यकता होती है जिस पर बहुत धन खर्च होता है। चैतन्यित पानी में भिगोकर श्री माताजी अमिश्रित बीजों की शक्ति को विस्मयकारी ढंग से बढ़ा देती हैं। विश्व स्वास्थ्य संस्था (WHO) के एक ऑस्ट्रेलियायी वैज्ञानिक ने इस विधि को अपनाया और उसके शोध ने

दर्शाया कि चैतन्यित पानी से सींचे गए खेतों में साधारण पानी से सींचे गए खेतों की अपेक्षा दुगुनी उपज हुई है।

चैतन्य लहरियाँ देने से देशी गायों के दूध की मात्रा में भी सुधार हुआ। यह पाया गया कि भारतीय गायों के चैतन्यित दूध के गुण विदेशी किस्मों के दूध से कहीं उच्च थे।

सन् 1982 में महाराष्ट्र के लिये हरे पेड़ बनाने के लिये राउरी कृषि विश्वविद्यालय ने एक विशेष अनुदान दिया। रूस के कृषि वैज्ञानिकों को चैतन्य लहरियों द्वारा अपनी कृषि को सुधारने की विधियों का भी श्री माताजी ने परामर्श दिया है।

श्री माताजी फूलों से प्रेम करती हैं और विश्वभर से पौधे लायीं हैं। पहली बार सन् 1993 में उन्होंने पुणे में बल्ब के आकार की कुमुदनी (Tulips) उपजायीं और उनके खेत के गुलाब के फूलों ने पुष्प प्रदर्शनियों में बहुत से ईनाम जीते हैं। बंगलौर में चैतन्य लहरियों के माध्यम से ऊतक संवर्धन प्रक्रिया (Process of Tissue Culture) में क्रान्ति लायी गई है।

किसानों को आत्मसाक्षात्कार द्वारा आनन्द और वैभव प्रदान कर, सहजयोग विधियाँ, कृषि के क्षेत्र में मूक क्रान्ति ला रही हैं।

14

दिव्य अर्थशास्त्री

अपनी विनम्रता में वे कहती हैं कि उन्हें चैक लिखना भी नहीं आता, परन्तु एक बार उन्होंने लंदन के एक विख्यात बैंक की गलती को पकड़ा जबकि उसने विदेशी मुद्रा के एक लेन-देन को ही खातों में नहीं लिखा और वह भी एक ऐसे समय जबकि मुद्रा की दर में अविश्वसनीय पतन आया हुआ था। यद्यपि उन्हें शेयर सट्टेबाजी पर विश्वास नहीं है, फिर भी वे अपने पति के लिये वास्तविक सम्पदा में लाभकारी ढंग से पूँजी लगाती हैं। प्राय: पक्के चिट्ठे (Balance Sheet) को बारीकी से जाँच कर वे इस प्रकार गलती ढूँढ निकालती हैं कि शासपत्रित लेखाकार (Chartered Accountant) भी लज्जा जाएँ। ये महालक्ष्मी के केवल कुछ ही गुण हैं। भारतीय अर्थव्यवस्था का उदारीकरण करने के लिये उन्होंने वित्त मंत्रालय को कुछ बहुमूल्य राय दी। उनकी विवेकशीलता का वित्त मंत्री बहुत सम्मान करते हैं।

सन् 1991 में उत्तरी इटली में श्री माताजी खरीदने के लिये एक किला खोज रही थीं। इटली के एक कला व्यापारी ने मिलन के समीप एक किले को

बेचने का प्रस्ताव रखा परन्तु पंजीकरण से पूर्व ही अग्रिम राशि के रूप में पचास प्रतिशत लेने की माँग की। श्री माताजी ने रकम अदायगी के समय या उससे पूर्व 'विक्रयनामा' के पंजीकरण पर बल दिया। कला व्यापारी ने दावा किया कि वह ऐसा कर सकने में समर्थ नहीं है क्योंकि उसकी पुत्री इस सम्पत्ति में भागीदार है और वह छुट्टियों पर गई हुई है। किले के गौरव और उस व्यक्ति की शान से सभी सहजयोगी सम्मोहित हो गए, परन्तु श्री माताजी दृढ़तापूर्वक अपनी बात पर अड़ी रहीं और अन्ततः सौदा न हो पाया। परन्तु बाद में यह पता चला कि वह व्यापारी पक्का धूर्त था और यदि अग्रिम धन दे दिया जाता तो श्री माताजी का वह सारा धन डूब जाता। लोगों के विषय में उनकी दूरदर्शिता और पहचान अभूतपूर्व है। इस घटना के पश्चात् किसी ने भी उनसे बहस करने की या उनके निर्णय पर प्रश्न उठाने की हिम्मत न की। तत्पश्चात् श्री माताजी ने कबेला में उससे भी कहीं अधिक बड़ा किला उसकी एक चौथाई कीमत पर खरीदा।

इटली में स्थित कबेला का किला

वे उस शीशे की तरह से हैं जो मानव मस्तिष्क की विभिन्न अवस्थाओं को प्रतिबिम्बित करता है। आत्म विश्लेषण की अपेक्षा उनकी आँखों के माध्यम से व्यक्ति अपने विषय में कहीं अधिक जान सकता है। व्यक्ति के विषय में वे सब कुछ जानती हैं। फिर भी एक भोले-भाले अन्जान व्यक्ति की तरह बर्ताव करती हैं। प्राय: भिन्न देशों के लोग उनके पास बैठे होते हैं और वे पूर्ण सहजतापूर्वक व्यक्ति विशेष की तरंग दैर्घ्य (Wave-length) के हिसाब से उससे बातचीत करती हैं। बालक से बातचीत करते हुए वे उसकी गुड़िया का नाम पूछेंगी और किसान से उसकी फसलों के बारे में पूछताछ करेंगी, पुराने मित्र के साथ वे अत्यन्त आत्मीय होंगी, अपने पति की कर्तव्यपरायण पत्नी के रूप में बड़ी मृदुता से उनसे कहेंगी, "थोड़ी सी ठंड है, मेरी शाल ले लीजिये"। अपनी बेटियों से वे उनकी खरीददारी के विषय में पूछताछ करेंगी और अपने नाती-नातियों से वे युवायों के नवीनतम फैशनों की बातचीत करेंगी, क्रेमलिन के मंत्री से वे बताएँगी कि "कृषि में सुधार किस प्रकार किया जाये"। खोजबीन करते हुए संवाददाता के इस प्रश्न पर कि "श्री माताजी आप कौन हैं", वे हँस कर उत्तर देंगी, "अच्छा होगा कि पहले आप आत्मसाक्षात्कार प्राप्त कर लें फिर आप जान जाएँगे कि मैं कौन हूँ।" उनके व्यक्तित्व की सभी सहज अभिव्यक्तियाँ हैं। अपनी बातचीत की पूर्व योजना वह कभी नहीं बनातीं। हर बात का ताना-बाना स्वत: ही सन्दर्भ के अनुरूप होता है। इस अवलोकन से व्यक्ति समझ सकता है कि परमात्मा के प्रेम की सर्वव्यापक शक्ति किस प्रकार सभी बातों का ध्यान रखती है और हमारी रक्षा करती है। यह शक्ति किस प्रकार कार्य करती है इस बात को तो केवल वे ही जानती हैं। बिजली की कार्यशाली को जानने से महत्त्वपूर्ण उसका उपयोग करना है। उनकी रुचियाँ इतनी विविध हैं कि वे हर चीज़ में और हर एक के हित में रुचि लेती हैं।

भारत की बेरोजगारी उनके लिये गहन चिन्ता का विषय रहा है। दस्तकारों की सहायता करने के लिये उन्होंने हस्तकला की वस्तुएँ यूरोप में बिकवानी शुरू की हैं। यूरोपीय बाजारों के लिये उन्होंने भारतीय दस्तकारों के नमूनों में नव परिवर्तन किये हैं और अब पूरे यूरोप में मृद मूर्ति (Terracotta), चीनी मिट्टी (Porcelean), मृत्तिका शिल्प (Ceramics), पीतल, लकड़ी पर नक्काशी, वस्त्राभूषण और अन्य हस्तकला की वस्तुएँ बेचकर समृद्धिशाली उद्यम चला रहे हैं। इस प्रकार उनकी कृपा गरीब ग्रामीणों तक पहुँच रही है। वे कहती हैं हमें अन्य लोगों की नकल करके उनके उत्पादन को अपने सिर पर नहीं लाद लेना चाहिए। क्योंकि वे तो प्लास्टिक ही हैं, हमें अपने देश की सहायता करने का प्रयत्न करना चाहिये। हर देश का हिस्सा या हर भाग बढ़ेगा और विकसित होगा तो पूरा विश्व शक्तिशाली हो जाएगा। प्राकृतिक वस्तुओं का उपयोग करना कहीं अच्छा है क्योंकि भौतिक पदार्थों का कृत्रिम स्वामित्व हमारी आत्मा को मार देता है। धर्मार्थ संस्थाओं के धन का दुरुपयोग होते हुए उन्होंने बहुत देखा है, अतः भिक्षा देने के हक में वे बिल्कुल नहीं हैं। रोजगार, चिकित्सकीय सहायता, अच्छी पढ़ाई-लिखाई, किसानों को अच्छे बीज और चैतन्य लहरियों द्वारा भारतीय गायों के दूध की उपज को बढ़ाना और उसमें सुधार करना कहीं अच्छा है।

15

महान् संगीत संरक्षक

शास्त्रीय संगीत को पुनर्जीवन प्रदान करने के लिये साहित्य और कला की महान संरक्षक श्री माताजी ने बहुत महत्त्वपूर्ण भूमिका निभाई। उन्होंने पाया कि आधुनिक पाषाण संगीत की लहरियाँ चक्रों और मस्तिष्क कोशिकाओं के लिये अत्यन्त हानिकर हैं। इस तेजाबी संगीत के व्यसनाग्रस्त व्यक्ति प्राय: स्मरणशक्ति ह्रास और आत्मविस्मृति रोग से पीड़ित हो जाते हैं। परन्तु आत्मसाक्षात्कारी लोगों द्वारा परमात्मा की प्रशंसा में सृजित शास्त्रीय संगीत की चैतन्य लहरियाँ नाड़ीतंत्र (चक्रों) के लिये अत्यन्त सुखदायी हैं। आत्मसाक्षात्कार के पश्चात संगीतज्ञ सहस्रार से गाता बजाता है और कुण्डलिनी ऊर्ध्वोन्मुखी हो जाती है। श्रोता पर इस संगीत का सुखदायी प्रभाव पड़ता है, जिससे उसे आराम मिलता है और उसका उत्थान होता है।

आत्मसाक्षात्कार के पश्चात् कलाकार की अन्तर्निहित प्रतिभा कुसुमित हो उठती है। अस्सी के दशक में आत्मसाक्षात्कार पाकर कई संगीत के शौकीन लोग महान् गुरु बन गये हैं। उदाहरणार्थ–देबू चौधरी, उनका बेटा प्रतीक

चौधरी, उस्ताद अमजद अली खाँ साहिब, भारतीय फिल्मोद्योग की प्रसिद्ध गायिका-हेमलता, अरूण आपटे, अजीत कड़करे, मृर्देश्वर, संजय तलवार, दीपक वर्मा, सिम्पल, 'निर्मल संगीत समूह', नौएडा ग्रुप, हैदराबाद से बाबा ज़हीर और उनके कव्वाल एवम् उस्ताद शफाक हुसैन खाँ साहिब। उस्ताद शफ़ाक हुसैन खाँ साहिब के बारे में एक दिलचस्प कहानी है। उन्होंने वर्ष 1985 में एक अव्यवसायी के रूप में श्री माताजी के सम्मुख तबला बजाया। कुछ वर्ष पश्चात् पुणे के एक संगीत समारोह में तबले के इसी महान् गुरु ने पूरी सभा को आश्चर्यचकित कर दिया। श्री माताजी उसकी चैतन्य लहरियाँ महसूस कर रहीं थीं और उन्हें याद था कि उन्होंने उसे आत्मसाक्षात्कार दिया है, परन्तु वह इतना अधिक परिवर्तित हो गया कि अन्य सहजयोगी उसे न पहचान सके। प्रदर्शन के पश्चात् वह आया और श्री माताजी के चरण स्पर्श किये तथा उनके आशीर्वादों के लिये उन्हें धन्यवाद दिया।

भारत के सभी संगीताचार्य श्री माताजी के सम्मुख संगीत गाने बजाने का अवसर खोजते रहते हैं। वे इसे दिव्य अनुभूति कहते हैं, जहाँ श्री माताजी उन्हें एक अन्य संसार में पहुँचा देती हैं। वहाँ उन्हें यह भी नहीं पता होता कि वे क्या बजा रहे हैं... जहाँ संगीतज्ञ संगीत बन जाता है और कलाकार कला। पं० भीमसेन जोशी, पं० जसराज, प्रवीन सुल्ताना जैसे बहुत से महान् संगीतज्ञ इस प्रकार के समारोहों के तदातम्य की यादें अपने हृदय में संजोए हुए हैं। वास्तव में उनके सम्मुख गाए गए संगीत के चैतन्य स्तर की पुनर्सृष्टि कभी नहीं की जा सकती। संभवतः कलाकार की संवेदना के माध्यम से श्री माताजी के देवत्व को पहचान पाना अधिक सुगम है। एक बार बम्बई में जब प्रवीन सुल्ताना श्री माताजी के सम्मुख गा रही थीं तो किसी ने उनसे एक हल्का फिल्मी गाना गाने की प्रार्थना की। उन्होंने डाँटा, "तुम्हें पता नहीं है कि मैं किसके सम्मुख गा रही हूँ?"

एक बार स्विटजरलैंड से पैरिस रेलगाड़ी में जाते हुए उस्ताद बिस्मिल्ला खाँ साहिब की भेंट कुछ सहजयोगियों से हुई। जब उन्हें पता लगा कि वे श्री माताजी से मिलने जा रहे हैं तो वे इतने उत्तेजित हुए कि पैरिस पहुँचकर उन्होंने श्री माताजी के सम्मुख शहनाई बजाने की प्रार्थना की। श्री माताजी के सम्मुख जब उन्होंने शहनाई बजाई थी उस घड़ी को उन्होंने बड़े प्रेम से याद किया और योगियों को 'वली' या सन्त होने के लिये बधाई दी। वे आश्चर्यचकित थे कि शहनाई वादन के समय पश्चिमी देशों के सहजयोगियों का उनके साथ ऐसा तादातम्य किस प्रकार हो सका। दोनों पर (बिस्मिल्ला खाँ और सहजयोगी) यह देवी के प्रति श्रद्धा करने का पारस्परिक प्रभाव था।

परमात्मा का संदेश प्रसारित करने के लिये प्रतिभा परमात्मा का उपहार है। कलाकार इस बात को महसूस कर लेते हैं और उनके प्रति पूर्ण समर्पण से संगीत गाते बजाते हैं। परन्तु वे बल देती हैं कि कलाकार उनसे महालक्ष्मी का वरदान भी लें जिससे उन्हें यश और वैभव प्राप्त हो सके। "जो लोग उनके पास खाली हाथ आते हैं उनका भी भाग्यमार्ग वे प्रशस्त कर देती हैं।"

अन्य यौगिक विधियां सम न होकर सहजयोग आनन्द से परिपूर्ण हैं, जिसकी अभिव्यक्ति संगीत एवं नृत्य के माध्यम से होती है। सहजयोग पूजाएँ देवी के विजयोत्सव होते हैं। समर्पण, श्रद्धासंगीत और नृत्य की सात रातों के लिये विश्वभर के सहजयोगी प्रतिवर्ष गणपतिपुले के समुद्रतट पर एकत्रित होते हैं। कवि रवीन्द्रनाथ टैगोर ने इस घटना का पूर्वावलोकन कर लिया था। उन्होंने लिखा कि, "भारत के तट पर सभी जातियों के लोग देवी माँ का अभिषेक करने के लिये एकत्र होंगें।" यहाँ पर सभी जातियों, नस्लों

एवं राष्ट्रों के सहजयोगी स्त्री-पुरुषों के सामूहिक विवाह पारम्परिक रीति-रिवाजों से किये जाते हैं। सहजयोग मात्र शुष्क व्यक्तियों की सृष्टि न करके आत्मा के आनन्द और शक्ति से परिपूर्ण व्यक्तित्व की सृष्टि करता है।

चैतन्यित हलदी से सहजयोगी होली का आनन्द लेते हुए

16

"श्रीचरणों में रवि-शशि"

"और स्वर्ग में एक महान् चमत्कार दिखाई दिया: एक देवी जिसके चरणों में रवि-शशि थे और सिर पर बारह सितारों जड़ित ताज।" –*प्रकाशना (Revealation) 12*

उनकी स्मरण शक्ति इतनी चित्रोपम है कि अपने जीवन की किसी भी घटना को वे शुद्धतः (पूर्णरूपेण) पुनः याद कर सकती हैं। यद्यपि उन्होंने कभी हिन्दी या संस्कृत नहीं पढ़ी, फिर भी वे अत्यन्त सुगमता से संस्कृत के श्लोक सुना सकती हैं। धर्म ग्रन्थों का अध्ययन उन्होंने कभी नहीं किया, फिर भी वे उनसे उद्धरण दे सकती हैं। योगी महाजन के लिये जब वे 'गीता एनलाइटैंड' शुद्ध कर रहीं थीं तो उन्हें सभी संस्कृत श्लोकों का अर्थ ज्ञात था और जहाँ भी लेखक ने संस्कृत श्लोकों में गलती की थी, उनमें उन्होंने सुधार किया। उनके विवेक प्रकाश ने 'गीता' शीर्षक को 'गीता एनलाईटैंड' में परिवर्तित कर दिया। उनके अर्न्तजात ज्ञान का स्रोत क्या है? थोड़ी सी विवेक बुद्धि से व्यक्ति समझ जाता है कि केवल दिव्य ज्ञान ही इसका स्रोत हो सकता है।

प्राचीन मंदिरों और स्मारकों की यात्रा करते हुए अपने उस पूर्व अवतरण के समय के उस स्थान के पूरे इतिहास की याद उन्हें आ जाती है। ईरान में इस्फ़ाहन स्थित परसैपोलिस (Persepolis) के फ़ेहा (Feha) विध्वंस देखने के लिये उनका भाई जब उनके साथ गया तो उन्होंने याद किया कि इन्द्र के सिंहासन के लिये प्रवेश द्वार कहाँ थे और दरबारीगण कहाँ बैठा करते थे, आदि-आदि। वहाँ का विस्तृत वर्णन उन्हें इस प्रकार याद था मानो कल तक वे वहीं रह रहीं हों। पथप्रदर्शक भी आश्चर्यचकित था और उसने भी श्री माताजी से बहुतसी नई चीज़ें सीखीं। पश्चिमी सहजयोगियों ने एक बार नासिक के समीप श्री सीताजी के नहाने के स्थान, 'सीता नहानी' को देखा। वहाँ के स्थानीय लोगों ने केवल नहाने के स्थान को दिखाया परन्तु श्री माताजी को अपने पूर्वजन्म के नहाने का एक और स्थान भी याद था और वह स्थान को पूर्णतया स्नानगृह के रूप में पाया गया तथा इसमें तीव्र चैतन्य लहरियाँ बर रहीं थीं। अपने दिव्य ज्ञान द्वारा उन्होंने सारे स्वयंभू पहचान लिये हैं, यह पृथ्वी माँ द्वारा धारित चैतन्य लहरियों के सदोद्धारण हैं। अपने पूर्व अवतरणों में देवी द्वारा आशीर्वादित सभी स्थानों का पूर्ण वर्णन वे सुनाती हैं। उदाहरणार्थ-महाराष्ट्र में कुण्डलिनी के साढ़े तीन कुण्डल और आठ स्वयंभू श्रीगणेश हैं। इन्हें 'पीठ' भी कहा जाता है।

किसी भी देवी-देवता की प्रतिमा को वे अविलम्ब पहचान लेती हैं और अन्य किसी पुस्तक में न पाये जा सकने वाले उसके विशेष लक्षणों का वर्णन कर देती हैं। उनका दिव्य ज्ञान निर्मल विद्या कहलाता है।

अथेंस में अथिना का मंदिर देखते हुए उन्होंने इसे आदिशक्ति के रूप में पहचाना और बताया कि संस्कृत में अथ का अर्थ आदि है, देवी अथिना अपने हाथों में कुण्डलिनी को वहन करती हैं। मन्दिर में योगी तीव्र चैतन्य

लहरियों का अनुभव कर सके। डैल्फी के मन्दिर में उन्होंने स्वयंभू श्रीगणेश खोज निकाला। इस पर पहले किसी का ध्यान कभी न गया था।

यूनान देवलोक था परन्तु सुक्रात की मृत्यु के पश्चात् लोगों ने इस देवी के स्तर को धर्म से अधर्म तक गिरा दिया। यही यूनानी त्रासदी थी।

उनकी दिव्य दृष्टि सभी आयामों में देखती है और उनकी कृपा से कभी-कभी कुछ योगी उनके दिव्य पक्ष को, उनकी मुखाकृति के रूप में बादलों में या इन्द्रधनुष पर देख पाए। बहुत से चमत्कारी चित्रों ने उनके भिन्न दिव्य पक्षों को प्रकट किया है।

एक बार धर्मशाला में एक पूजा के पश्चात् उन्होंने हिमालय से फूटती हुई चैतन्य लहरियाँ दिखाईं और बताया कि हिमालय पर्वत स्वयंभू है। अब उनके हजारों चित्रों में चैतन्य लहरियाँ स्पष्ट रूप में दिखाई देती हैं। मानव

की स्थूल दृष्टि से कहीं अधिक इस सूक्ष्मपक्ष को कैमरा पकड़ सकता है। कुछ चित्रों में उनके चक्रों पर भिन्न देवी-देवता दिखाई दिए हैं।

प्रकृति चैतन्य लहरियों से अत्यन्त प्रभावित होती है। लागोस में एक पूजा के समय एक इतना भयानक तूफान और वर्षा आई कि ग्रामीण लोग वर्षा के डर से घबरा गए। सहजयोग संगीत कार्यक्रम के लिये शाम का समय निश्चित किया गया था, परन्तु तूफान में कोई कमी नहीं आ रही थी। श्री माताजी ने तूफान को चैतन्य लहरियाँ दीं और आधे घन्टे में आकाश साफ हो गया। वे बताती हैं कि चैतन्य लहरियों में अन्तर्जात विवेक है जो सर्वव्यापक चेतना से सम्बन्ध जोड़ता है। अतः आप जब इससे जुड़ जाते हैं तो प्रकृति के सभी तत्त्व आपके लिये कार्य करने लगते हैं।

नवम्बर 1994 में इस्तन्बुल की यात्रा के समय में वर्षा न होने के कारण शहर में पानी की अत्यन्त कमी थी। तुर्की के योगियों ने श्री माताजी से प्रार्थना की। श्री माताजी ने समस्या को चैतन्य लहरियाँ दीं और अगली प्रातः वहाँ मूसलाधार वर्षा होने लगी जो तीन-चार दिन तक चलती रही।

जब भी वे किसी नई जगह पर जाती हैं प्रकृति अत्यन्त उत्तेजित हो उठती है। यदि वहाँ गर्मी हो तो तापमान एकदम गिर जाता है और अत्यधिक ठण्ड हो तो तापमान बढ़ जाता है। प्रायः सुखद फुहार उनका स्वागत करती है।

17

उपसंहार

अब श्री माताजी की आयु सत्तर वर्ष से भी ऊपर हो गई है, परन्तु हाल ही में तुर्की के एक संवाददाता उनके चेहरे के तेज़ से इतने प्रभावित हुए कि उन्होंने अगले सुबह के समाचार पत्र में यह छापा कि तुर्की को बचाने के लिये एक युवा मसीहा आया है। सहजयोग प्रचार के लिये विश्वभर में उनकी यात्राएं पहले से कहीं अधिक हैं। इन लम्बी यात्राओं के मध्य अपनी पुस्तक 'मेटा मॉडर्न एरा' (Meta Modern Era) को पूरा करने के लिये वे रातों को देर-देर तक जागती रही हैं।

निम्न वर्गीय लोगों की हस्तकला को बढ़ावा देने के लिये आयात-निर्यात व्यापार के माध्यम से वे अपने भिन्न उद्यमों का आनन्द लेती हैं। वे चीनी मिट्टी (Porcelain) नमूनों की सृष्टि करती हैं, उनकी असीम प्रतिभा को मृद मूर्तियों (Terracotta), लकड़ी और भारतीय पीतल (Brassware) की नक्काशी पर, तुर्की के मृतिका शिल्प (Ceramics) तथा रूस और अन्य देशों की चीनी मिट्टी की वस्तुओं में देखा जा सकता है। वे दस्तकारों को अपने बन्धनों से मुक्त होकर सर्वतोन्मुखी (Versatile) बनना सिखाती हैं।

रोम में माध्यमिक स्कूल, धर्मशाला में हाई स्कूल की स्थापना करने के पश्चात्

अब वे सहज अन्तर्राष्ट्रीय विश्वविद्यालय के मापदण्ड तैयार कर रहीं हैं। सहजयोग क्लिनिक (चिकित्सालय) अनुसन्धान केन्द्रों और गरीबों के लिये अस्पताल की उनकी योजना बनने की प्रक्रिया में है। वे कभी स्वयं को विशिष्ट या अन्य लोगों से ऊँचा नहीं समझतीं। अविलम्ब वे सहयात्री से, किसान से, ड्राइवर या किसी अन्य व्यक्ति से वार्तालाप शुरू कर देती हैं। किसी की पदवी, महत्त्व या धन की उन्हें चिन्ता नहीं होती, वे वास्तव में इतनी साधारण और सुहृदय व्यक्ति हैं। अपने बहत्तरवें जन्मदिन के अवसर पर उन्होंने टिप्पणी की, ''मैं नहीं जानती कि अपने जन्मदिन पर, जोकि आता और जाता रहता है, मैं क्या कहूँ। बहत्तर वर्ष बीत गए हैं, मैं इनके विषय में नहीं सोचती। जब तक मुझे जीवित रहना है, रहना है। जब मुझे जीवित नहीं रहना होगा, नहीं रहूँगी। बस! यह मेरा कार्य नहीं है। मेरा प्रेम जो कार्य करना चाहता है, वह है विश्वभर के लोगों, जहाँ भी वे हैं, को आत्मसाक्षात्कार देना।'' विश्वभर से राजनीतिज्ञ, व्यापारी, अर्थशास्त्री, वैज्ञानिक और डॉक्टर उनकी सलाह लेते हैं, सूर्योदय से पहले उठकर अगली प्रभात तक वह कार्यरत रहती हैं, मुश्किल से दो-तीन घन्टे सोती हैं। अपनी भारत यात्रा के दौरान पुणे फार्म पर सुधार कार्य में नये विचार देने के लिये और नयी परियोजनाएँ विकसित करने के लिये वे कुछ समय का उपयोग करती हैं।

उनके पति कहते हैं—वे कभी कल्पना नहीं कर सकते थे कि केवल बीस वर्ष के समय में अकेले वे इतनी उपलब्धियाँ प्राप्त कर सकेंगे। विश्व के सर्वाधिक सम्मानित व्यक्ति, वे, उनसे कहते हैं, ''वास्तव में ये सभी पुरस्कार तुम्हें मिलने चाहिये थे।'' वे कहतीं हैं, किस लिये? यह कार्य तो मेरा प्रेम कर रहा है, मैंने इस पर कोई धन खर्च नहीं किया, मेरा प्रेम मुझे फल देता है। मेरा ये प्रेम आप लोगों से, आपके परिवारों से, आपके देशों से और सभी चीज़ों से तादात्म्य की भावना ही है। मैं सदा महसूस करती हूँ कि आप सब मेरे ही अस्तित्व के अंग प्रत्यंग हैं। निस्सन्देह उनका जीवन इस बात की पुष्टि करता है कि जिस परमात्मा ने इस सुन्दर सृष्टि का सृजन किया है उसने सभी बातें सावधानीपूर्वक सोची होंगी और वे किसी भी असुरी शक्ति को अपनी सृष्टि का विनाश नहीं करने देंगे।

18

परिशिष्ट

श्री गोर्बाच्योव को लिखा गया एक पत्र-21 अगस्त, 1990

भावी सार्वभौमिक व्यवस्था सम्बन्धी मेरी विनम्र योजनाएँ:

'सामूहिक चेतना' के ज्ञान को जब सहजयोग स्थापित कर लेगा तो उसके पश्चात् व्यक्ति और समाज के परिवर्तन के लिये ये मेरे विचार हैं। 'सामूहिक चेतना' एक अवस्था है, जिसे मानव आत्मसाक्षात्कार के माध्यम से आन्तरिक परिवर्तन के परिणामस्वरूप प्रदान करता है। वह परमात्मा के प्रेम की सर्वव्यापक शक्ति का भी अनुभव करता है और परिणामस्वरूप व्यक्ति पूरे विश्व को एक राष्ट्र के रूप में देखता है । मानव और उसकी भिन्न विचारधाराओं को वह एक सत्य के रूप में देखता है और इस प्रकार वह एक सच्चे सार्वभौमिक परिदृश्य का विकास करता है।

मुझे विश्वास है कि आप ही वे व्यक्ति हैं जिसमें यह दृष्टि है और आप

ही हमारे सामूहिक भविष्य की योजना बना सकते हैं। सामूहिक चेतना की वह अवस्था जिसके सम्बन्ध में मैं कह रही हूँ, हमें सार्वभौमिक सरकार के लक्ष्य की प्राप्ति के लिये शक्ति एवं विवेक प्रदान करेगी। चेतना की इस अवस्था के माध्यम से हम सहज में ही निम्नलिखित विकास कर सकते हैं:

1. राजनैतिक प्रणाली जिसके द्वारा निर्णय लेने में प्रभावशाली सहयोग सुगमतापूर्वक प्राप्त हो जाएगा जोकि व्यक्तिगत स्वार्थों से ऊपर उठकर सत्य के नियमों के अनुरूप होगा।

2. वस्तु विनिमय प्रणाली पर आधारित मानव उपभोग की आवश्यक वस्तुओं का प्रबन्ध करने वाली संतुलित अर्थव्यवस्था। एक वास्तविक विश्व व्यवस्था जो वितरण के उचित अनुपात एवं माँग और पूर्ति के नियमानुरूप मूल्यांकन करने की कार्यप्रणाली प्रदान करेंगी और इसका सबसे महत्त्वपूर्ण पक्ष इसका सच्चा मानवीय आधार होगा।

3. धर्मपारायण और श्रेष्ठ मूल्यों पर आधारित समाज प्रणाली का विकास बिना किसी समस्या या असामंजस्य के किया जा सकता है, क्योंकि सामूहिक चेतना से हर व्यक्ति केवल तभी संतुष्ट हो सकता है जबकि पूर्ण सामूहिकता संतुष्ट हो।

4. पृथ्वी माँ और पर्यावरण सम्बन्धी समस्याओं का ध्यान रखते हुए मशीनों द्वारा बनाई तथा हस्तनिर्मित वस्तुओं में सन्तुलन किया जाना चाहिये। यदि अधिक कलात्मक वस्तुएं बनाई जाएँगी तो उन पर कम पदार्थ लगेगा। क्योंकि लोग इन कलात्मक वस्तुओं को सुरक्षित रखना

चाहेंगे।

5. कामुकता एवं लालच आदि मानवीय दुर्बलताओं से प्रोत्साहित तथा विकास को बढ़ावा देने की अपेक्षा परोपकारिता के नियमों के अनुसार आवश्यक तथा सर्वोच्च मानवीय आवश्यकताओं को पूरा करने की तकनीकी प्रणाली को सच्चे परोपकारी वैज्ञानिक कार्यान्वित कर सकते हैं।

6. स्वभाव से परोपकारी संस्कृतियों की सुरक्षा करने के लिये और सभी जातियों एवं संस्कृतियों में पारस्परिक सम्मान एवं सहयोग को प्रोत्साहन देने के लिये एक विश्व-प्रणाली बनाई जा सकती है।

7. बच्चों के लिये एक सहज शिक्षा प्रणाली बनाई जा सकती है और उन्हें अधिक सुहृदय, प्रगल्भ तथा अपनी भाषा के अतिरिक्त एक या दो अन्तर्राष्ट्रीय भाषाओं में कुशल बनाने पर ध्यान केन्द्रित किया जा सकता है।

8. परिपक्व सन्त स्वभाव और आत्म-संशोधन करने में समर्थशील तथा लचीले व्यक्तियों द्वारा संचालित प्रशासन प्रणाली बनाई जा सकती है।

ये आदर्शवादी विचार चाहे काल्पनिक और अव्यवहारिक प्रतीत होते हों, परन्तु मैंने अपने व्यक्तिगत अनुभव से पाया है कि सामूहिक चेतना की जिस चेतन अवस्था का स्पर्श हम कर लेते हैं उसमें इन्हें कार्यान्वित कर लेना अत्यन्त सुगम है। सहजयोग में हमारे यहाँ पैंतालीस (अब पैंसठ) से भी अधिक देशों में हजारों योगी हैं, और मैंने पाया है कि उनमें यह विचार भू-निम्न-स्तर पर भी सहज रूप से कार्यान्वित है। इस प्रकार चमत्कारिक

वास्तविकता के प्रकाश में ये आदर्श ठोस सत्य बन गए हैं।

सहजयोग के द्वार सभी के लिये खुले हैं और सभी मानव सामूहिक चेतना प्राप्ति कर सकते हैं। समस्या केवल यह है कि व्यक्ति की इच्छा की स्वतन्त्रता का सम्मान होना आवश्यक है क्योंकि अन्ततः उसे सम्पूर्ण स्वतन्त्रता के क्षेत्र में प्रवेश करना होगा। ऐसे बहुत से लोग होंगे जो वास्तविकता में मोक्ष को न खोज़ें। परन्तु बाद में जब वे आत्मसाक्षात्कारी लोगों की भीड़ को सामूहिक चेतना का आनन्द लेते हुए देखें तो अपनी उच्च विकास प्रक्रिया को प्राप्त करने की उनकी भी इच्छा जागृत हो जाए। प्रकृति में सारी विकास प्रक्रिया इसी प्रकार घटित हुई है।

आत्मा ही वह शक्ति है जो पथ प्रदर्शन एवं संचालन करती है। हमारे अन्दर का सामूहिक अस्तित्व ही हमारे चित्त में अपने को प्रकट करता है तथा हमें सामूहिक चेतन करता है। तब हम अपने तथा अन्य लोगों के सूक्ष्म चक्रों को अपनी अँगुलियों के सिरों पर महसूस करते हैं। एक बार उन्हें ठीक करने का ज्ञान पा कर हम अपनी शारीरिक, मानसिक, भावनात्मक और आध्यात्मिक समस्याओं का समाधान सुगमता से कर सकते हैं। इस प्रकार हम एक नये दिव्य समाज की सृष्टि कर रहें हैं जो अन्ततः सारी मानव रचित सामूहिक समस्याओं का निदान करेगा; चरित्रहीनता, दरिद्रता, हिंसा, भ्रष्टाचार, मानव की निजी विध्वंसशील आदतें जैसे–शराब, नशाखोरी, पर्यावरण सम्बन्धी समस्याएँ, आर्थिक शोषण एवं अक्रामकता, संकीर्ण राष्ट्रवादिता, धार्मिक रूढ़िवाद तथा युद्ध रूपी महान विपत्ति आधुनिक मानव की यह घातक बुराइयाँ हैं, क्योंकि तथाकथित मानवीय स्वतन्त्रता ने मानव को आँखें बन्द करके गहनतर अज्ञान तिमिर में कूद पड़ने की आज्ञा दे दी है।

<u>अविलम्ब कार्यान्वित करने के लिये मेरे विनम्र सुझाव:</u>

कामगारों को पत्तिदार बनाकर बड़े-बड़े कारखानों में उपभोक्ता वस्तुओं के उत्पादन का निजीकरण।

उपभोक्ता वस्तुओं का उत्पादन न करने वाले विशाल उद्योगों के लिये, तकनीकी, प्रशासन और पूँजी निवेश के क्षेत्र में विदेशी सहयोग प्राप्त किया जाना चाहिये। सार्वभौमिक (Global) नीति की घोषणा की जाए और सरकार सारे ताने-बाने (परिवहन, संचार संसाधन, ऊर्जा, जल, उद्यमी झगड़ों में मध्यस्थता एवं समझौते) के सुधार पर ध्यान केन्द्रित करे।

भारत का संविधान—प्रकाशनार्थ विज्ञप्ति

गणतन्त्र दिवस के अवसर पर विदेशी संवाददाताओं ने भारतीय-संविधान की रचना में डॉ० अम्बेडकर की भूमिका को लेकर उत्पन्न हुए वर्तमान विवाद पर माताजी श्री निर्मलादेवी से साक्षात्कार किया।

श्री माताजी ने कहा, ''किसी एक व्यक्ति ने संविधान नहीं बनाया। मेरे पिता स्वर्गीय श्री पी०के० साल्वे भी संविधान सभा के सदस्य थे। वे चौदह भाषाओं के ज्ञाता थे और उन्होंने कुरान का हिन्दी भाषा में अनुवाद किया। वे अल्प-संख्यक समुदाय के अकेले सदस्य थे, जिन्हें आम जनता ने निर्वाचित किया, वे अल्पसंख्यकों के टिकट पर नहीं आये। संविधान सभा के प्रभावशाली सदस्यों में कृष्णास्वामी अय्यर जैसे स्तम्भ भी थे। संविधान का प्रारूप किसी एक व्यक्ति ने तैयार नहीं किया। मेरे पिता की तरह डॉ० अम्बेडकर भी अल्पसंख्यक समिति में थे। वे सब भिन्न विचारधाराओं के लोग थे।''

संविधान सभा के सदस्यों के रूप में, निस्सन्देह उन्हें संविधान के प्रारूप को तैयार करने का अधिकार था। परन्तु उसमें किसी को भी श्रीराम औरं श्रीकृष्ण पर छींटाकशी करने का अधिकार नहीं। जब तक व्यक्ति सन्त न हों और उसमें वही गहन आध्यात्मिक सूक्ष्म दृष्टि न हो, दिव्य अवतरणों के प्रकटीकरण और उनके जीवन पर विचार कर पाना उसके लिये असम्भव है।

जिस प्रकार सन्त संविधान परिवर्तित नहीं कर सकते। उसी प्रकार श्रीराम और श्रीकृष्ण के विषय में कही सन्तवाणी को परिवर्तित करने का अधिकार संविधान के सदस्यों को भी नहीं है। उनके द्वारा किये गये इस प्रकार के किसी भी प्रयत्न को अनाधिकार चेष्टा कहा जाएगा। इस विश्व में दैवी विधान को अपने हाथों में ले लेने वालों पर कोई टोक नहीं है, परन्तु विश्वभर के लाखों लोगों की भावनाओं को ठेस पहुँचाने का अधिकार भी किसी को नहीं।

सन्तों ने जनता को पथभ्रष्ट करने वाले रीति-रिवाजों तथा पाप का जोरदार खण्डन किया तथा इसके उन्मूलन के लिये घोर परिश्रम किया, परन्तु अहंवश अवतरणों के दोष नहीं खोजे, जिस प्रकार अहंवश ये बुद्धिजीवी करते हैं। मैं सहमत हूँ कि इस तुच्छ बात का इतना हंगामा करके लोगों ने इसे अनावश्यक महत्त्व तथा प्रसिद्धि दी है। यह अत्यंत विवेकहीन, मूर्खतापूर्ण तथा भयानक कार्य है। किसी को पहेलियों में इन हानिकारक टिप्पणियों का ज्ञान न था और इनसे अवतरणों और उनके विशुद्ध ईश्वरत्व पर कोई अन्तर भी नहीं पड़ता।

इस सीमा तक इसका विज्ञापन विवेकहीनता थी, क्योंकि यह मद्यपान और परस्त्रीगमन की बुराई में आसक्त लोगों को औचित्य प्रदान करेंगी। इतना ही नहीं, आने वाली नई पीढ़ी आदर्शविहीन होकर पश्चिमी हिप्पियों सम हो जाएगी या नशों की व्यसनी।

यह निर्णायक समय है जब हमें बच्चों का पथ प्रदर्शन करने के लिये विवेकशील लोगों की आवश्यकता है क्योंकि मूल्य-प्रणाली अत्यन्त भ्रष्ट होती चली जा रही है।

मूर्खतापूर्ण और महत्त्वहीन मुद्दों पर लोगों का परस्पर लड़ने के लिये इकट्ठा हो जाना तो मज़ाक बन गया है। काश कि वे हमारे समाज के दोषों को दूर करने और चारित्रिक मूल्यों पर इसका पुनर्निर्माण करने के लिये तथा अपने प्रेममय सृष्टा को सम्मान एवं श्रद्धांजली अर्पण करने के लिये एकताबद्ध होते।

सर सी०पी० श्रीवास्तव को नॉइट (सामन्त) की उपाधि

टाइम्स ऑफ इन्डिया समाचार सेवा

एल.के. शर्मा द्वारा लिखित लन्दन, 9 जुलाई, 1990

अन्तर्राष्ट्रीय समुद्रवर्ती संस्थान के पूर्व महासचिव सर सी०पी० श्रीवास्तव को विश्वपोत परिवहन में उनके योगदान के लिये बर्तानिया से मान्यता प्राप्ति हुई; महारानी ने उन्हें सम्माननीय (अवैतनिक) नॉइट (सामन्त) की उपाधि प्रदान की।

भारत की स्वतन्त्रता के पश्चात् सर श्रीवास्तव पहले व्यक्ति हैं, जिन्हें "सेंट माइकल और सेंट जार्ज समप्रतिष्ठित शूरवीर नायक" की उपाधि से पुरस्कृत किया गया है। सरकार द्वारा दिये गए रात्रि-भोज में उन्हें सम्मान चिह्न प्रदान किया गया, वहाँ उपस्थित परिवहन सचिव श्री सैसिल पार्किन्सन ने अन्तर्राष्ट्रीय समुद्रवर्ती संस्थान के महासचिव के रूप में उनकी भूमिका की सराहना की। जिन अन्य लोगों को हाल में अवैतनिक सामन्त की उपाधि प्राप्त हुई है उनमें श्री रोनाल्ड रीगन और वॉयलिन वादक यहूदी मैन्यूहिन सम्मिलित हैं।

वर्ष 1974 में सर श्रीवास्तव पहली बार लन्दन स्थित संयुक्त राष्ट्र अधिकरण (एजेन्सी) अन्तर्राष्ट्रीय समुद्रवर्ती संस्थान में चुने गए। अन्तर्राष्ट्रीय समुद्रवर्ती संस्था की सभा ने स्वीडन में विश्व समुद्रवर्ती विश्वविद्यालय, जिसकी शाखाएँ भिन्न देशों में हैं, इटली में एक अन्तर्राष्ट्रीय समुद्रवर्ती परिषद और माल्टा में अन्तर्राष्ट्रीय समुद्रवर्ती विधि संस्थान की स्थापना में उनकी पथ प्रदर्शक भूमिका की सराहना की।

सर श्रीवास्तव का राजनैतिक कमाल यह था कि उन्होंने संस्था को कभी विवादों में नहीं फँसने दिया। उन्होंने इस संवाद्दाता को बताया कि उनका सर्वाधिक संतोषदायी अनुभव यह था कि विकासशील और विकसित दोनों प्रकार के देशों ने उन पर विश्वास किया। पोत परिवहन के उच्च तकनीकी उद्यम होने के कारण विकासशील देशों को विश्वपोत परिवहन में अपना हिस्सा बढ़ाने के लिये घोर परिश्रम करना पड़ा। उन्होंने कहा पिछले कुछ वर्षों में यह हिस्सा 6% से बढ़कर लगभग 25% तक पहुँच गया है।

सर श्रीवास्तव के अन्तर्राष्ट्रीय समुद्रवर्ती संस्था के महासचिव पद के लम्बे समय ने संस्था के विस्तार, सुरक्षित पोत परिवहन और स्वच्छ समुद्र के संस्था के लक्ष्य के लिये इसके नियमों और परम्पराओं की विश्वव्यापी स्वीकृति को देखा। विकासशील देशों को समुद्रवर्ती क्षेत्र में

अधिक आत्मनिर्भर बनाने के लिये तकनीकी सहयोग के एक कार्यक्रम को कार्यान्वित कराने का श्रेय उनको जाता है। आजकल सर श्रीवास्तव समुद्रवर्ती विश्वविद्यालय के कुलपति हैं।

सम्मान और पुरस्कार सर श्रीवास्तव के लिये कोई नई बात नहीं है। उनका कमरा पुरस्कार पट्टियों और सम्मान पदकों से भरा हुआ है।

जिन देशों की सरकारों से उन्हें सर्वोच्च असैनिक पुरस्कार प्राप्त हुए उनमें पश्चिमी जर्मनी, मिश्र, स्वीडन, नार्वे, फ्राँस और पोलैंड सम्मिलित हैं। एक सरकारी अधिकारी और वाणिज्य मंत्रालय में अवर सचिव के रूप में उन्होंने अपनी जीवन वृत्ति आरम्भ की।

मेरठ और लखनऊ में जिला प्रशासन में कुछ अवधि बिताने के बाद सर श्रीवास्तव पोत परिवहन महानिर्देशालय में भारतीय पोत परिवहन निगम के प्रथम मुख्य अधिकारी बने और निगम के विकासशील वर्षों में इसका पथ प्रदर्शन किया। राजकीय क्षेत्र के सफलतम उपक्रम की स्थापना में उनके योगदान के लिये वर्ष 1972 में उन्हें पद्मभूषण से पुरस्कृत किया गया।

पोत परिवहन निगम के दो कार्यकालों के मध्य उन्होंने श्री लाल बहादुर शास्त्री के नव निर्मित प्रधान मंत्री सचिवालय में सह सचिव के रूप में कार्य किया। लाल बहादुर शास्त्री की मृत्यु के समय वे उनके साथ मास्कों में थे।

चीन के प्रधानमंत्री एवं प्रतिष्ठित व्यक्तियों के साथ श्री माताजी एवं सर सी.पी. श्रीवास्तव

सभी सहजयोगी श्री माताजी के शरीर की कोशिकाएँ बन जाते हैं। यदि किसी सहजयोगी को कष्ट या बीमारी हो तो उसकी पीड़ा को वे अपने शरीर में महसूस करती हैं और अपनी शक्ति के माध्यम से उसे पीड़ामुक्त कर देती हैं। ऐसे अवसरों पर उनके शरीर में साक्षात् परिवर्तन होते हैं। उनके पैर सूज जाते हैं और चल पाना उनके लिये कठिन हो जाता है। शनैः-शनैः थोड़ी सी मालिश करने से चैतन्य लहरियाँ निकलती हैं और उनके चरण सामान्य हो जाते हैं। वह बताती हैं, 'जिस चक्र की सामूहिक पकड़ आपमें होंगी वह समस्या मुझे मिल जाती है और मुझे उसका निदान करना होता है। यह विवशता है कि मुझे ही उसका निदान करना है। मैंने आप सबको आत्मसात कर लिया है।' दूसरों की कितनी पीड़ा वे सहती हैं यह समझ पाना मानव मस्तिष्क के लिये कठिन है। धीरे से वे दूसरे की पीड़ा को खींच लेती हैं, परन्तु उनके चेहरे का कोई भी भाव उनके द्वारा आत्मसात इस पीड़ा को व्यक्त नहीं करता। कोई शिकायत या समस्या की बातचीत उनसे नहीं सुन सकते। दूसरों के प्रति वे इतनी सहृदय हैं कि उनके शरीर की हर कोशिका परहित के लिये कार्य करती है। अपने विषय में वे कभी नहीं सोचतीं। वे महसूस करती हैं कि "स्वयं को प्रेम करने की अपेक्षा अन्य लोगों को प्रेम करना अधिक आनन्ददायी है।" सम्भवतः यह नश्वर मानव के दैवी चमत्कारों को कार्यरत करने जैसा है। अपनी दयाद्रता में वे कहती हैं कि यह सोचकर कि आप मुझे कष्ट दे रहे हैं आपको दोषभावनाग्रस्त नहीं होना है। "यह मेरा अपना है, मेरा अपना कर्म है, मेरा अपना कार्य और मेरा अपना उत्तरदायित्व है।" उनके जीवन को देखकर व्यक्ति समझ पाता है कि जीवन धर्म-अधर्म का संघर्ष मार्ग न होकर इससे कहीं अधिक अर्थपूर्ण है। यह प्रेम है, आनन्द है और क्षमा है। यह बात किसी पुस्तक या धर्मग्रन्थ से नहीं सीखी जा सकती। यह जीवन प्रक्रिया है, एक अनुभूति है जो एक आत्मा से दूसरी आत्मा तक पहुँचती है। कुण्डलिनी के उत्थान की

प्रक्रिया आरम्भ होने पर यह रसाकर्षण की प्रक्रिया घटित होती है।

''जन्म से ही मैं अपने विषय में जानती थी। मैंने कुछ विशेष नहीं किया। यदि कुछ विशेष कार्य मैंने किया तो यह मानव और उसकी समस्याओं को समझने के लिये है। मानव ने ईसा, मोहम्मद साहब और श्रीकृष्ण का अनुसरण किया परन्तु वह उनकी गहराई तक नहीं पहुँच पाया। वे क्योंकि सर्वव्यापी शक्ति से जुड़े हुए न थे। तो मैंने केवल मानव के अन्त: परिवर्तन और गठन (Permutations & Combinations) को कार्यान्वित किया। यह कठिन कार्य नहीं है क्योंकि मुख्यत: सात चक्र हैं जिन्हें सक्रिय करना होता है और सहस्त्रार भेदन के लिये कुण्डलिनी को उठाने की विधि सीखनी होती है। इस विधि ने कार्य किया और यही हजारों लोगों में कार्यरत हैं।''

निस्सन्देह उनके जीवन से व्यक्ति समझ पाता है कि ''दिव्य प्रेम और आशीर्वाद''का अर्थ क्या है और **परमात्मा के स्वरूप** के सम्मोहक सौन्दर्य को देखकर मन्त्रमुग्ध रह जाता है।